中國語言文字研究輯刊

二三編

許學仁 主編

第14冊

季旭昇學術論文集
（第一冊）

季旭昇 著

花木蘭文化事業有限公司

國家圖書館出版品預行編目資料

季旭昇學術論文集（第一冊）／季旭昇 著 -- 初版 -- 新北市：

花木蘭文化事業有限公司，2022〔民 111 〕

目 4+162 面；21×29.7 公分

（中國語言文字研究輯刊　二三編；第 14 冊）

ISBN 978-626-344-028-9（精裝）

1.CST：漢語文字學 2.CST：語言學 3.CST：文集

802.08　　　　　　　　　　　　　　　111010180

ISBN-978-626-344-028-9

中國語言文字研究輯刊

二三編　　第十四冊　　　　　　　　ISBN：978-626-344-028-9

季旭昇學術論文集（第一冊）

作　　者　季旭昇

主　　編　許學仁

總 編 輯　杜潔祥

副總編輯　楊嘉樂

編輯主任　許郁翎

編　　輯　張雅淋、潘玟靜、劉子瑄　美術編輯　陳逸婷

出　　版　花木蘭文化事業有限公司

發 行 人　高小娟

聯絡地址　235 新北市中和區中安街七二號十三樓

　　　　　電話：02-2923-1455 ／傳真：02-2923-1452

網　　址　http://www.huamulan.tw 信箱 service@huamulans.com

印　　刷　普羅文化出版廣告事業

初　　版　2022 年 9 月

定　　價　二三編 28 冊（精裝）新台幣 96,000 元

季旭昇學術論文集
（第一冊）

季旭昇 著

作者簡介

　　季旭昇。現任鄭州大學文學院漢字文明傳承傳播與教育研究中心講座教授。

　　1953 年生於臺灣省臺中市。自幼酷愛古代文字與傳統文化，18 歲負笈臺灣師大國文系，始知天地之大，人才之美。大二從魯實先先生學文字學，從此立志研究文字、詩經。博士班時留任師大，20 年後以父病退休，轉任南臺、玄奘、中原、文化、聊城、鄭州等大學。著作有詩經吉禮研究、甲骨文字根研究、金文單字引得（合編）、詩經古義新證、說文新證、上海博物館藏戰國楚竹書讀本（五輯）、清華大學藏戰國竹書讀本（二輯）、常用漢字等及單篇論文 200 餘篇。

提　要

　　這是我的第一本學術論文集，收錄了我踏入學術研究以來自覺較為重要的論文（已出版專書、及《詩經》類論文除外）。內容分成三部分：（壹）以傳世典籍與出土文獻對讀互校，訂正傳世文獻之缺失，如：《郭店・老子》「絕為棄作，民復季子」出，可證今本老子「絕仁棄義，民復孝慈」之誤；簡本《緇衣・苟有車》「苟有衣，必見其蔽人」出，即知今本《禮記・緇衣》讀為「苟有衣，必見其敝」，並以「人」字屬下讀之誤謬；《上博二・民之父母》「勿之所至者，志亦至焉；志之所至者，禮亦至焉；禮之所至者，樂亦至焉；樂之所至者，哀亦至焉」出，即知今本《禮記・孔子閒居》「志之所至，詩亦至焉；詩之所至，禮亦至焉；禮之所至，樂亦至焉；樂之所至，哀亦至焉」錯訛三字，導致文義不通、義理舛亂，學者甚至於懷疑〈孔子閒居〉不是儒家文獻。（貳）解讀出土與傳世文獻，如：改讀《上博三・恆先》「意出於生，言出於意」的「音」為「意」，《恆先》的宇宙生成系列始能真正完備；從禮教一問一答的形式及禮儀解決《上博五・季庚子問於孔子》的簡序及「主人」一詞的確詁，使全篇章節合理，治國理念清晰；從《上博五・姑成家父》的「顧頷」勾稽閩南語「讔讔」的源頭，使全篇文義疏朗易解；訓讀上博簡〈蘭賦〉、清華簡《周公之琴舞》，解決了篇中一些較難的字詞句，使全篇內容合理可誦；重新檢讀詮釋《易經》、《禮記》、《左傳》的相關問題，對「周代試婚制」、周代婚禮中的「三月廟見」、《左傳》「女齊治田」中女齊與夫人吵架的真正內涵、散氏盤銘文的人名問題、楚王熊璋劍的真偽問題等進行了深度的考釋；對先秦「仁」的起源及發展，做了更早的源頭探討。（叁）文字考釋。共考釋了：「顧頷」、「卞」、「舜」、「及」（以上四組分見前文（壹）（貳））、「勞」、「役」、「皇」、「朱」、「髀」、「釐」、「舉」、「婁要」、「季」、「尤」、「息」、「廉」、「妒嫉」、「庫」、「岜」、「妝」、「覃鹽」、「互」、「殴」、「頗略」、「塵」等 25 組字詞。本書跨越年代較長，格式體例差別頗大，某些意見早期與現今看法不相同，均多保持原貌，不予調整。

　　最後感謝杜潔祥先生的厚愛，許郁翎小姐的悉心編輯，及讀書會諸君的協助。

目次

讀郭店楚墓竹簡札記：
卞、絕為棄作、民復季子

　　《郭店楚墓竹簡》（以下簡稱《郭店》）公佈後，各界矚目，其中包含的文字、哲學材料，極為可貴。旭昇在拜讀之餘，偶有所感，隨讀隨記，以就教於時賢大家。為了排版方便，文中討論到的關鍵字，在同一章節段落重覆出現時，直接以△代替。

一‧卞（㑞）

　　《郭店‧老子甲》簡〇〇一：「亡（絕）智（知）棄（棄）卞（辯）」，「卞」字作「卞」。注釋（一）引裘錫圭先生說以為當釋「㑞」：「裘按：『棄』下一字當是『鞭』的古文，請看《望山楚簡》一一六頁注一六。『鞭』『辯』音近，故可通用。後面《老子》丙第八號簡也有此字，讀為『偏』。本書《成之聞之》三二號簡、《尊德義》一四號簡也都有此字，分別讀為『辨』和『辯』。《五行》三四號簡又有以此字為聲旁的從『言』之字，馬王堆帛書本《五行》與之相當之字為『辯』。」

　　案：《望山楚簡‧二號墓竹簡》簡二有「㪅」字，該書一一六頁考釋〔一六〕云：「《說文》『鞭』字古文作㑞，此作㪅，字形稍有變化。字在此似當讀為『緶』。『緶』與『編』、『辯』音近。」《郭店‧老子丙》簡八此字寫法和《老

子甲》相同；〈成之聞之〉簡三二作「[字形]」、〈尊德義〉簡一四字形大致相近；《五行》簡三四以此字為聲旁的从『言』之字，所从此形亦相近。裘先生釋為「夋」字，應屬可從。但是其中有一些可以再討論的地方。「夋」字於甲骨文作「[字形]」（《甲骨文編》0414號），劉釗先生以為「本象手持鞭形，後从丙聲作「[字形]」，金文改从『免』聲」（劉釗《古文字構形研究》頁137）。金文「便」字作「[字形]」（《金文編》1340），右旁從「夋」，其上改从冕聲。戰國時代的《信陽楚簡》「緶」字所從作「[字形]」（《楚系》924），承金文而稍訛；秦文字「便」作「[字形]」（《秦文字類編》24頁），右上仍襲甲文從「丙」聲。明確釋為「夋」字的字形，和楚簡此字有一點距離。事實上，《郭店》此字的上部，即去掉「又」形後，和「卞」字的確同形。這要怎麼解釋呢？

《說文解字》未見「卞」字，「卞」字晚出，《玉篇·卜部》：「卞：皮變切，法也，又縣名。」更早的來源已不可考，其初形本義也不可知。《類篇》以為「弁」字之省文：「臣光案：《說文》無卞字，又按弁不从厶，變隸作弁，故卞止从弁省。」翟云升《隸篇》云：「《說文》兒，籀文作[字形]，或文作弁，諸碑皆弁之省也。」按：「卞」之字形，《禮器碑陰》作「[字形]」、《孔宙碑陰》作「[字形]」[註1]；「弁」字戰國文字作「[字形]」、「[字形]」等形[註2]。《漢印徵》作「[字形]」、「[字形]」，和「卞」字字形不像，應該沒有相通的可能。《正字通·子集下·卜部》以為是从一从卜：「卞：弼面切，音便。地名。……又法也。《書·顧命》：『臨君周邦，率循大卞。』註：『大法也。』又躁疾。《左傳》：『邾莊公卞急而好潔。』……又姓，本周曹叔振鐸之後，支子封卞，因氏。周卞和、漢卞崇。通作弁，音盤。《詩·小弁》，《漢書·杜欽傳》作〈小卞〉，義同。○《同文備考》作卞，篆作[字形]，从一在中下各有定位，又以。指在下者，則上之銘分自尊、而下不可僭上矣。《易》曰：『君子以卞上下，定民志。』據此說，卞即辨，非从一从卜作卞，今《易》本作辨，改从卞，非。《備考》說泥。《舉要》：『卞从上从下成文，分上下也。篆作[字形]，別作[字形]。』亦泥。」案：从一从卜，不知何所取義，而且看不出什麼學理根據。

今《郭店·老子》「[字形]」字，其上所從與後世「卞」字同形，報告隸定作

〔註1〕參《隸篇》第八·葉二九；《秦漢魏晉篆隸表》，頁221。
〔註2〕參李家浩〈釋弁〉，《古文字研究》第一輯，頁391。

「卞」，相當可信；但是，裘先生以為此字當釋「夋」，也證據充分。因此我們懷疑「卞」字其實就是由「夋」字分化出來的。甲骨文「夋」字從「又」持「鞭」，因此去掉「又」形的部分本來也就是「鞭」的象形文。古文字中從「又」與否，往往同字，其例甚多，如「爵」、「秉」等。「夋」字本義為以手持鞭，鞭的作用在迫使牲畜就範，應此引申有法的意思，這和《玉篇》說「卞」的意思是「法」，可以連繫起來。其後二義逐漸分化，「夋」字保留「夋」形，或作「鞭」；「卞」義則去掉「又」形，二字從此分道揚鑣。但是，在郭店楚墓竹簡的時代，這兩個意義還沒有分化，因此，此字釋「夋」、釋「卞」，皆無不可。

二、絕為棄作

《郭店·老子甲》簡001「㠯（絕）恀棄（棄）慮」，一一三頁注釋〔三〕：「帛書本作『絕仁棄義』。裘案：簡文此句似當釋為『絕偽棄詐』。『慮』從『且』聲，與『詐』音近。」案：帛書本作「絕仁棄義」，「仁」、「義」是儒家推崇而老子絕棄的德行；「偽」、「詐」則是儒家、老子都共同貶抑的行為，和前後章對比，「耶」、「智」、「敓」、「利」是一般喜愛的行為，但是老子特意貶斥之，以回歸自然淳樸。如本章釋為「絕詐棄偽」，則顯與前後二章不侔。

「恀」字作「𢙒」，字不見《說文》。《字彙》：「恀：諧也。」音居偽切，讀ㄨㄟˋ，這顯然不是《郭店》本簡的用意。竊疑此字就是「為」的分化字，表示「心之作為」。戰國文字往往有形義加繁分化的趨勢，如《郭店》「浴」字不得釋為後世「洒身」義，它只能釋為「谷」的異體，加義符「水」不過表示這是有水的山谷而已。據此，「恀」字也是「為」的異體，加義符「心」表示是心之作為，《老子》主張無為，「絕為」也就是「無為」的意思。

池田知久指出這個字形在馬王堆帛書老子甲本應讀為「化」〔註3〕。同在《郭店·老子·甲本》簡十三的：「萬物將自△，△而欲作」，對比今本《老子》，也都讀為「化」。但是在本章本句中，釋為「化」，或讀為「訛」，都不容易說得通。

「慮」字作「𥡴」，從盧從心：《郭店》注（三）裘錫圭先生案語以為「慮」從「且」聲，與「詐」音近，故讀為詐。裘先生又在《論文集·以郭店老子簡

〔註3〕池田知久《郭店老子國際研討會論文集·荊門市博物館郭店楚墓竹簡筆記·5》，頁218。

為例談談古文字考釋》中說:「楚簡『詛』字作『櫐』(盟櫐連文)。《漢書》『詛』或作『諝』、『禣』。古書『櫨』亦作『柤』,『媠』亦作『姐』。《說文》『狙』或作『秅』。《詩‧邶風‧谷風》『既阻我德』,《太平御覽》835 引《韓詩》『阻』作『詐』。《詩‧大雅‧藩》『侯作侯祝』,《釋文》『作本或作阻』,《正義》:『作,則古詛字。』《尚書‧無逸‧正義》引作『詛』。《禮記‧月令》:『毋或作為淫巧。』鄭注:『今〈月令〉「作為」為「詐偽」。』今本『絕聖棄智』,簡本作『絕智棄辯』今本『絕仁棄義』,簡本作『絕偽棄詐』,且位置在『絕巧棄利』之後,意義重大。」案:從《老子》的哲學體系來看,《老子》的哲學主張有很多看起來和儒家的道德觀念或一般的價值取向針鋒相對,也就是說:很多儒家或一般以為是主要的或正面的價值,在《老子》則視之為次要的或負面的,如今本十八章:「大道廢有仁義,慧智出有大偽,六親不和有孝慈,國家昏亂有忠臣。」「仁義」、「慧智」、「孝慈」、「忠臣」等在《老子》而言,都是次要的。十九章也是類似:「絕聖棄智,民利百倍;絕仁棄義,民復孝慈;絕巧棄利,盜賊雷有。」「聖」、「智」、「仁」、「義」、「巧」、「利」等一般認為重要的價值,在《老子》則以為是負面的。比照著來看,《郭店》本章說:「絕智棄夋,民利百怀;絕攷棄利;覞(盜)惻(賊)亡又(有);絕愳(偽)棄慮(詐),民复(復)季子。」「智」、「夋(辯)」、「攷(巧)」、「利」、「愳」、「慮」應該也是一般認為重要的價值。因此如果把它們釋為「偽」、「詐」,似乎和全章體例不合,因為「偽」、「詐」並不是一般認為重要的價值,相反地,它們是一般認為負面的價值。

池田知久指出這個字形在馬王堆帛書老子甲本應讀為「慮」,在押韻和意義上比較合適。但他也知道楷字「慮」字中間從「田」之形,楚文字中未見從「且」的。又有人以為本句可讀為「棄義絕慮」(當是研討會上的意見)。「愳」讀為「義」,聲音可通;但是,「慮」讀為「慮」,恐怕在聲音上是行不通的。「慮」當為從心「盧」聲的字,「盧」字《說文》從「虍」、「且」聲,大徐音「昨何切」,段玉裁以為古音當在五部;「慮」字《說文》從「思」、「虍」聲,音「良據切」,段玉裁第五部。「盧」、「慮」二字韻部可通,但是聲紐似乎遠了些。而且《老子》其它類似的句子都是成組的,「智」、「夋」一組,「攷」、「利」一組,「仁」、「義」一組,而「義」和「慮」似乎很難湊成一組。疑「愳」字應

讀為「為」，加上義符「心」，表示是心的作為；「慮」字應讀為「作」（從「且」聲和從「乍」聲可通，前引裘先生的文章中已經說明了），加上義符「心」，也表示是心的作為，而「為」、「作」是可以湊成一組的。《老子》主張「無為」、「不為」，因此這樣解釋，似乎可以和《老子》全書的精神一致。

三、民復季子

「季」字簡文作「季」，從「禾」從「子」，非常清楚。「子」字也毫無疑問。「民復季子」句，一般比照傳世本《老子》讀為「孝慈」，恐不妥。從字形上來看，「孝」字罕見，《楚帛書》作「季」，《長沙楚帛書文字編》隸定作「孛」，注云：「此字朱德熙、裘錫圭先生據《三體石經》骰字古文作孛與帛文近而釋為骰，訓亂。商錫永先生釋孛，李學勤先生謂『孛』據《春秋》文十四年註，即慧星。」（30 頁，080 號）案：姑不論釋「孝」、釋「孛」之不同，《郭店》本簡之「季」字沒有人以為是「孝」字。「季」是脂部字，「孝」是幽部字，兩者韻部相差較遠，似難通假。從義理上來看，今本第十八章：「六親不和有孝慈。」據此，「孝慈」在《老子》的哲學體系中是次等的善德。我們以為：本章的「季子」照原文讀就可以了，《說文》：「季：少偁也。從子稚省，稚亦聲。」《老子》常以「嬰兒」比喻原始渾樸的善德，今本第十章：「專氣致柔，能嬰兒乎？」二十章：「我獨泊兮其未兆，如嬰兒之未孩。」《郭店》本章的「季子」，猶言「嬰兒」，也是指道德純樸的本質。《馬王堆帛書老子甲本》作「〔民〕復）畜茲」，「畜」字是幽部字，與「孝」音近可通。疑《老子》本作「季子」，義近或作「畜子」，「畜」者「好也」，《孟子‧梁惠王下》：「畜君者，好君也。」「畜子」者，「好子」也，由「畜子」轉為《馬王堆甲本》的「畜茲」。由「好」再轉則為「孝」（好、孝，同為曉母幽部開口一等字，二者可以說是同音），就成了《馬王堆老子乙本》的「孝茲」，再轉則作今本的「孝慈」。只有這樣解釋，《老子》各本的異同才能合理解決。而所以會有這樣的轉變，可能是受了十八章「六親不和有孝慈」的「孝慈」的影響。

本文原發表於《中國文字》新二十四期，1998 年 12 月。

讀郭店、上博簡五題：
舜、河滸、紳而易、牆有茨、宛丘

　　《郭店楚墓竹簡》（以下簡稱《郭店》）〈窮達以時〉、《上海博物館藏戰國楚竹書（一）》（以下簡稱《上博（一）》）〈子羔篇〉都有𡊉字，《郭店》隸定作「舜」字，可信。但並沒有說明字形原委。本文從字形源流說明「允—夋—𡊉—舜」的變化。《郭店》「河𢽳」，袁國華、李家浩先生都讀為河浦[註1]，釋義可從。筆者則以為似可釋為「河滸」。《上博》「紳而茐」當讀為「紳而易」；「牆有薺」的「牆」字當隸作「𤖪」，即「牆」字的異體；「𠚏丘（宛）」的「𠚏（宛）」可能是「備」的假借。

一、舜

　　舜字，見《郭店》、《上博（一）》，字形分兩類，A 形作「𡊉」（𡊉），見《郭店》5.2、《上博・子羔》（未完全發表，目前有二見）；B 形作「夋」（夋），見《郭店》7.1、7.6、7.9、7.10、7.16、7.22、7.23、7.25。其構字本義目前似乎還沒有見到合理的解釋。我們認為「舜」字應以 A 形為最合理，B 形為其訛變。A 形上部（姑且隸定作「夋」）從「允」，「允」上從「㠯」，下從「人」，

〔註 1〕袁國華〈郭店楚簡文字考釋十一則〉，《中國文字》廿四期，頁 141，1998 年 12 月。李家浩〈讀《郭店楚墓竹簡》瑣議〉，《中國哲學》第 20 輯，遼寧教育出版社，1999 年，頁 354。

「人」形重複則成「大」，同樣的變化如楚簡「虎」字在《包》2.149 作「⿱」，在 2.271 作「⿱」；「大」形的下部又加飾筆，訛成「火」形，同樣的變化如「虞」字在春秋邵鐘中作「⿱」，下本從「與」，「與」字甲骨文作「⿱」，從大形，象人雙手向上舉物之形；「虞」在戰國古璽中又作「⿱」，下部的「大」形很明顯地訛成「火」形。

「舜」A 形下從土，古文字人形下往往喜歡加「土」形，如「重」字金文井侯簋作「⿱」、外卒鐸則作「⿱」（《金文編》1379 號），當然也不排除其它的可能。

至於「舜」字 B 形上部由「厶」形變成「勹」形，這在《郭店》中也有迹可尋，《郭店》有「悚」字作「⿱」（3.3），又作「⿱」（14.36）、「⿱」（14.37）；有「矣」字作「⿱」（1.1.11），又作「⿱」（7.18）、「⿱」（14.50）、「⿱」（15.62），上部也是由「厶」形變成「勹」形，這和「舜」字上部字形的變化，具有平行的關係。

據此，「舜」字其實是由「允」字分化出來的，這在文獻中也可以看到不少證據。古帝王名往往無本字，因此「舜」可能本來稱為「允」。「允」字加「止」形（或「夂」形）則作「夋」，金文畯字或作昤（參《金文編》2198 號），可證夋、允同字。「夋」或加「人」旁作「俊」；或加「土」旁作「⿱」，漢以後訛成「舜」，成為古帝王虞舜的專用字。

《山海經》中有帝俊，郭璞注除於〈大荒西經〉「帝俊生后稷」下以為帝嚳外，其餘都以為是帝舜。王國維在他的名篇《觀堂集林‧殷卜辭中所見先公先王考》中則以為卜辭有⿱字，即夒，卜辭用為高祖夒，他說：

> 卜辭惟王亥稱高祖王亥，或高祖亥，大乙稱高祖乙，則夒必為
> 殷先祖之最顯赫者。以聲類求之，蓋即帝嚳也。帝嚳之名已見逸書
> 書序，……諸書作嚳或俈者，與夒字聲相近，其或作夋者，則夒字
> 之殷也。《史記‧五帝本紀》索隱引皇甫謐曰：「帝嚳名夋。」《初學
> 記‧九》引《帝王世紀》曰：「帝嚳生而神靈，自言其名曰夋。」《太
> 平御覽》八十引作逡，《史記》正義引作岌。逡為異文，岌則訛字也。
> 《山海經》屢稱帝俊，郭璞注於〈大荒西經〉「帝俊生后稷」下云：
> 「俊宜為嚳。」其餘皆以為帝舜之假借。然〈大荒東經〉曰「帝俊

生仲容」、〈南經〉曰「帝俊生季釐」，是即《左傳》之仲熊、季貍，所謂高辛氏之才子也。〈海內經〉曰「帝俊有子八人，實始為歌舞」，即《左傳》所謂「有才子八人也」。〈大荒西經〉「帝俊妻常羲，生月十有二」，又傳記所云「帝嚳次妃，諏訾氏女曰常儀，生帝摯」者也。三占從二，知郭璞以帝俊為帝舜，不如皇甫以夋為帝嚳名之當矣。〈祭法〉：「殷人禘嚳。」〈魯語〉作「殷人禘舜」，舜亦當作夋，嚳為契父，為商人所自出之帝，故商人禘之。卜辭稱高祖夒，乃與王亥、大乙同稱，疑非嚳不足以當之矣。〔註2〕

案，《山海經》中的帝俊至少有兩個人，一個是「帝嚳名夋」，一個即是「帝舜」，《山海經·大荒東經》：「有中容之國。帝俊生中容，中容人食獸、木實，使四鳥：豹、虎、熊、羆。」郭璞注云：「俊亦舜字，假借音也。」郝懿行《山海經箋疏》云：

> 《初學記》九卷引《帝王世紀》云：「帝嚳生而神異，自言其名曰夋。」疑夋即俊也，古字通用。郭云俊亦舜字，未審何據。〈南荒經〉云：「帝俊妻娥皇。」郭蓋本此為說。然〈西荒經〉又云：「帝俊生后稷。」《大戴禮·帝繫篇》以后稷為帝嚳所產，是帝俊即帝嚳矣。但經內帝俊疊見，似非專指一人。此云帝俊生中容，據《左傳·文十八年》云「高陽氏才子八人」，內有中容，然則此經帝俊又當為顓頊矣。經文踳駁，當在闕疑。〔註3〕

袁珂《山海經校注》云：

> 郝說帝俊即帝嚳，是也；然謂「郭云俊亦舜字，未審何據」，則尚有說也。《大荒南經》「帝俊妻娥皇」同於舜妻娥皇，其據一也。《海內經》「帝俊生三身，三身生義均」，義均即舜子商均（《路史·後紀》十一：「女瑩（女英）生義均，義均封於商，是為商均。」說雖晚出，要當亦有所本），其據二也。《大荒北經》云：「（衛）丘方圓三百里，丘南帝俊竹林在焉，大可為舟。」而舜二妃亦有關於竹之神話傳說，其據三也。餘尚有數細節足證帝俊之即舜處，此不

〔註2〕《海寧王靜安先生遺書》冊一，卷九，商務印書館，頁399。
〔註3〕《山海經箋疏》第十四葉三下，藝文印書館，頁398。

多贅。是郭所云實無可非議也。至於帝俊神話之又或同於顓頊神話
者，是部分神話偶然相同，非可以謂帝俊即顓頊也。〔註4〕

袁珂注講得非常好，郭璞《山海經》注指出「帝俊」即「帝舜」的假借，基本上是可從的，但是要稍作點修正，因為從戰國楚文字來看，「帝舜」就是「帝夋（俊）」，「舜」是「夋」的分化字。

戰國楚帛書中「帝舜」作「帝夋」，《楚帛書》甲：「帝夋乃為日月之行。」李零《長沙子彈庫戰國楚帛書研究》：「帝夋，即《山海經》中的帝俊，也就是舜。舜傳為顓頊之後，也是楚人傳說的祖先。《山海經‧大荒南經》和〈大荒西經〉有帝俊之妻義和生十日、十二月的傳說。《書‧舜典》稱舜『在璿璣玉衡以齊七政，……協時月、正日、同律度量衡。』這說明帝俊也與天文曆數之學有密切關係。」〔註5〕

綜上所述，我們認為帝舜的「舜」字本作「允」，其後下加「夊」形而成「夋」（如西周晚期虢季子白盤作 🔣 ），「夋」與「允」實為一字，楚系文字「夋」所從「夊」與「人」形相合，聲化成「身」字，《楚帛書》甲 6.34 以「夋」為「舜」。《郭店》、《上博》A 形「夋（舜）」字所從「人」形改從「大」，又加繁飾而成「亦」下加「土」形；B 形「厶」形簡化為「勹」形。漢代「勹」形再訛為「匸」形，並與「亦」形結合，遂成今形。《說文》小篆則「匸」形中訛為「炎」。其演變序列當如下：

🔣（允，秦公鎛）——🔣（夋，虢季子白盤）

🔣（夋，楚帛書甲）——🔣（舜，郭.窮2）——

🔣（舜，郭 7.1）——🔣（舜，馬王堆）——🔣（舜，說文）

🔣（舜，漢印徵）——🔣（舜，武梁祠）——舜（舜，今字）

「允」、「夋」、「舜」、「身」四字的上古音如下（用大徐本反切，《周法高上古音韻表》擬音）：

「允」、余準切。喻紐文部合口三等。*riwən

〔註4〕袁珂《山海經校注（增補修訂本）》，巴蜀書社，1993 年，頁 398。

〔註5〕李零《長沙子彈庫戰國楚帛書研究》，北京：中華書局，1985 年 7 月，頁 72 注 6。

「夋」、七倫切。清紐文部合口三等。*ts'jiwən

「舜」、舒潤切。書紐文部合口三等。*st'jiwən

「身」、失人切。書紐真部開三，*st'jien

四字聲韻俱近，確實可以互用。

《上海博物館藏戰國楚竹書》的〈子羔篇〉雖然還沒有公佈，但在〈孔子詩論〉中引了幾條。其中也有「舜」字，《上博（一）》隸定作坴（坴）：

> 子羔曰：「如坴（坴）才（在）今之殜（世）則可（何）若？……」

> 孔子曰：「坴（坴）其可胃（謂）受命之民矣。」〔註6〕

釋文除了括號外，另外只做了簡短的說明，謂：「坴，讀為『坴』，从夋从土。」並沒有指明這就是「舜」。但這個字形跟《郭店》A形一樣，分明就是「舜」字，據本文的分析，這個字應該可以直接隸定作「舜」。

二、河 匥

《郭店・窮達以時》：「匋拍於河匥。」河匥，袁國華、李家浩先生都讀為河浦。李家浩先生舉出銅器銘文「姑」讀「胡」、《儀禮・士相見禮》「腒」字在《白虎通・瑞贄》引作「脯」、《左傳・哀十一年》「胡簋之事」在《孔子家語・正論》引文「胡」作「簠」等證據，證明「匥」可以讀為「浦」。因而以為〈窮達以時〉的「遇告古也」句中的「告古」應讀為「造父」。論證精闢，釋義可從。

但是，考慮到「古」的上古音與幫母字有直接關係的例證畢竟數量不是很多，而且在銅器中從「古」得聲的「匥」系銅器有「盬、祜（左旁所從不詳）、匥、盬、瓯、鈷、匫、鐭、匫、匡、鹽、匱、瓡、笑、匚（同匧，大形可能為夫形之省）、匧」等十六種寫法，從「甫」得聲的「簠」系銅器則有「甫、箁、鋪、盍、匭」等五種寫法，「古」聲雖然和脣音的「夫」聲可以相通，但是和「甫」聲之間似乎有一道很明顯的界線。基於這樣的理由，我們以為，「河匥」不妨讀為「河滸」。「匥」字文獻未見，應從「古」得聲，古（*kaɤ）上古音在見紐魚部開口一等；滸（*xaɤ）上古音在曉紐魚部開口一等，二字韻同聲近，互相通作，應該沒有問題。

《詩經・王風・葛藟》：「在河之滸。」毛傳：「水厓曰滸。」〈大雅・綿〉：

〔註6〕《上海博物館藏戰國楚竹書（一）》，上海古籍出版社，2001年11月，頁124。

「率西水滸。」毛傳:「滸,水厓也。」《爾雅・釋地》:「岸上,滸。」以此解釋〈窮達以時〉的「(舜)拍陶於河匽」,似也一樣文從字順。至於李家浩先生所舉「古」聲和厗音相通的例子,絕大部分是異文,而異文是可能有其它解釋的。

三、紳而易

《上海博物物館藏戰國楚竹書・一・孔子詩論》第二簡有「訟……其訶(歌)紳而芗(篪)」句,釋云:「紳和芗當指合樂歌吹之物,以此,紳宜讀為壎,芗則讀作篪。……。芗,从艸从豸,以豸為聲符,《說文》所無。……如這個解釋可取,則《訟》之樂曲以壎、篪相和。」〔註7〕

案:所謂「芗」字,簡文作「茤」,疑从艸从「易」,不从「豸」。「易」的楚系標準寫法是「易」,但是我們也看到《包山》157「惕」字作「惕」,所從「易」形跟《上博》簡極為接近。「葛」字从艸从易,可讀為「惕」〔註8〕;「紳」則有「約束」的意思,這些都是典籍常見的用法,書證徵引就從略了。「其歌紳而易」的意思是:頌的歌聲約束而警惕。依這個解釋,本句和簡文前句「(頌)其樂安而遲」、後句「其思深而遠」的意義才能互相配合。否則在講風格德行的兩句中突然插進一句講樂器配樂的話,實在有點唐突。(當然,易也有平易的意思;紳也可以讀成申,有舒和的意思,這麼一來,「其歌紳而易」就可以解成「頌的歌聲平易而舒和」,也可通。)

四、牆有茨

《上博・孔子詩論》第二十八簡:「牆又薺慎密而不知言。」考釋云:「牆又薺,《詩》篇名。今本無。」案:已有學者指出這句中的詩篇名即〈牆有茨〉,但是「牆」字為什麼即是「牆」字?並未有說明。此字作「牆」,《上博》隸定右旁从章,不確。楚簡「章」字並不這麼寫。字又見《郭店・語叢》4.2:「牆(牆)有耳。」牆字與《上博》牆字完全同形,《郭店》注:「裘案:《詩・小雅・小弁》:『君子無易由言,耳屬於垣。』簡文此句意與之同。」釋義甚是,但是也沒有解釋字形。兩書的隸定也不可取・此字實从鄩(郭、墉)片

〔註7〕《上博(一)》,頁128。
〔註8〕我在課堂上跟學生討論此字,學生陳美蘭以為「易」也可以讀成「惕」。

・12・

聲作「墇」，即「牆」字的異體。臺字在楚系曾侯乙編鐘下 2.5 作「臺」、秦系印文作「臺」，與墇、墇兩字所從極同。是墇、墇兩字其實可以直接隸定作「牆」。

五、宛　丘

　　《上博》一.1.21：「孔子曰：『〈畐丘〉，虗善之。』」一.1.22：「〈畐丘〉曰『詢又情，而亡望』，虗善之。」今本《毛詩·宛丘》篇有「洵有情兮，而無望兮」，因此〈畐丘〉、〈畐丘〉即今本《毛詩》的「宛丘」，應是沒有問題的。但是「宛丘」的「宛」字為什麼作「畐」、「畐」呢？《上博》並沒有解釋。查《古文四聲韻》「宛」字收〈碧落文〉一體作「宛」，與《上博》此字很像，可能就是由《上博》此形訛變而來的。我們以為這個字形可能是由「备」字訛省而來。「备」即「邍」字之省，戰國文字多見，參《戰國古文字典》1014頁。「备」上古音在疑紐元部合口三等，「宛」在影紐元部合口三等，二字韻同聲近，應該可以通假。

《中國文字》新廿七期，2001 年 12 月。

從楚簡本與傳世本談《禮記‧緇衣‧苟有車》章的釋讀

提　要

　　傳世本《禮記‧緇衣‧苟有車》章:「子曰:『苟有車,必見其軾;苟有衣,必見其敝;人苟或言之,必聞其聲;苟或行之,必見其成。〈葛覃〉曰:「『服之無射。』」一向難以通讀。《郭店‧緇衣》及《上博一‧緇衣》出來後,學者始釋出「軾」字本當作「轍」,「苟有車,必見其轍」的文義始可通讀。本文提出「苟有衣,必見其敝;人苟或言之,必聞其聲」當斷讀為「苟有衣,必見其敝人;苟或言之,必聞其聲」,「苟有衣,必見其敝人」的文義也才可以通讀。全章的旨義因此可以暢然得其通解。

　　關鍵詞:軾,轍,蔽人

一、問題的提出

　　傳世本《禮記‧緇衣‧苟有車》章云:

　　　　子曰:「苟有車,必見其軾;苟有衣,必見其敝;人苟或言之,

　　　必聞其聲;苟或行之,必見其成。〈葛覃〉曰:『服之無射。』」[註1]

[註1]《十三經注疏‧禮記‧緇衣》(藝文印書館,1960年),頁931。

鄭注云：

> 言凡人舉事必有後驗也。見其軾，謂載也；敝，敗衣也，衣或在
> 內，新時不見。〔註2〕

這章經文有點怪，注釋也不太能讓人滿意。「苟有車，必見其軾」，和「苟
或言之，必聞其聲；苟或行之，必見其成」似乎沒有很密切的對比關係，「軾」
是車子的一部分，無需任何動作，它就在車子上。而言或行，則必需人有所動
作才會產生。鄭注說「凡人舉事必有後驗也」，顯然只適合於「苟或言之，必聞
其聲；苟或行之，必見其成」，而不能適合於「苟有車，必見其軾」。

「苟有衣，必見其敝」，和「苟或言之，必聞其聲；苟或行之，必見其成」
的對比關係就更奇怪了。衣服穿久了一定會壞，這是負面的結果，拿來比喻
「苟或言之，必聞其聲；苟或行之，必見其成」，實在有點不倫。鄭注「敝，
敗衣也，衣或在內，新時不見」，也有點不知所云。勉強要硬拗，只好說：凡
是衣服穿久了就會壞，這也是「凡人舉事必有後驗也」嗎？「凡人舉事必有
後驗也」應該是正面的敘述，怎麼會用一個負面的例子來對比呢？「苟有衣，
必見其敝」，只能讓人聯想到「苟或言之，必聞其惡」、「苟或行之，必見其敗」。
勉強牽合，也只能讓人覺得這不是很好的修辭。

孔穎達疏改從「謹慎言行」去解釋：

> 此明人言行必慎其所終也，將欲明之，故先以二事為譬喻也。
> 「苟有其車必見其軾」者，言人苟稱家有車，必見其車有載於物，
> 不可虛也，言有車無不載也。「苟有其衣必見其敝」者，言人苟稱家
> 有衣，必見其所著之衣有終敝破也，不虛稱有衣而無敝也。「人苟或
> 言之必聞其聲」者，既稱有言，必聞其聲，不可有言而無聲也。「苟
> 或行之必見其成」者，人苟稱有行此事，必須見其成驗，不可虛稱
> 有行而無成驗也。「葛覃曰服之無射」者，此《周南・葛覃》之篇，
> 美后妃之德也，《詩》之本意言后妃習絺綌之事，而無厭倦之心，此
> 則斷章云采葛為君子之衣，君子得而服之無厭倦也，言君子實得其
> 服而不虛也。引之者，証人之所行終須有效也。（注衣或在內新時不
> 見）正義曰：以經云苟有其車必見其載，苟有其衣當言必見其著，

〔註 2〕《十三經注疏・禮記・緇衣》（藝文印書館，1960 年），頁 931。

今乃云必見其敝，以求初新著時或在內裏，人不見也，其敝破棄時

乃始見，故云必見其敝。〔註3〕

很明顯地，孔穎達也看出了經文及鄭注的問題。他指出：「以經云苟有其車必見其軾，苟有其衣當言必見其著，今乃云必見其敝。」但是，孔穎達並沒有解決的辦法，所以只能依著鄭注說：「以求初新著時或在內裏，人不見也，其敝破棄時乃始見，故云必見其敝。」

因此，他試著改從負面警惕的角度去解釋，認為「此明人言行必慎其所終也，將欲明之，故先以二事為譬喻也。『苟有其車必見其軾』者，言人苟稱家有車，必見其車有載於物，不可虛也，言有車無不載也。『苟有其衣必見其敝』者，言人苟稱家有衣，必見其所著之衣有終敝破也，不虛稱有衣而無敝也」。這樣解釋，「苟有衣，必見其敝」字面上的問題看似解決了，卻讓「苟有車，必見其軾」產生新的難題，孔疏把「苟有車，必見其軾」解釋為「言人苟稱家有車，必見其車有載於物」，顯然不是經文原意，「必見其軾」怎麼會是「必見其車有載於物」呢？而且，就算這麼解釋，它跟「必慎其所終」有什麼關係呢？而「必慎其所終」和經文要講的「人苟或言之，必聞其聲；苟或行之，必見其成」也還有距離！「人苟或言之，必聞其聲；苟或行之，必見其成」是正面的肯定，「必慎其所終」是負面的警戒，二者顯然不是同一回事。其齟齬難合，可以想見。

二、舊說的檢討

後世學者注解甚多，除了依鄭注孔疏解釋之外，也有少數另闢蹊徑，想從義理解釋或通假訓詁去解決這個問題。如姚際恆便把「車」、「衣」分成正反兩例來解釋：

「苟有車，必見其軾」，言有于此必彰于彼也；「苟有衣，必見其敝」，言有其始必要其終也。人言必聞其聲，猶車必見其軾也；人行必見其成，猶衣必見其敝也。以著言易不可輕發，行難必當有終也。注疏謂人之言行必慎其終，未免不包有車見軾之喻。宋儒以言行貴誠實為言，于有衣見敝之喻又不協。〔註4〕

〔註3〕《十三經注疏‧禮記‧緇衣》（藝文印書館，1960年），頁931～932。

〔註4〕參杭世駿《續禮記集說》（明文書局，1992年7月）卷九十二，葉三十三，總5447頁引。

姚際恆的析辨能力相當強，把〈苟有車〉章的問題都點出來了。但是，他把「車有軾」比喻「言易」不可輕發，把「衣有敝」比喻「行難」必當有終，也不是很高明的辦法。「車有軾」和「言易不可輕發」有什麼關係？「衣有敝」和「行難必當有終」仍然是意義相反，難以並舉。

方苞也從正反兩義去進行分析：

> 此喻言行之出于身者不可揜也。車之有軾，喻大體之顯見也；衣之有敝，喻微疵之難匿也。衣雖美，少有汙毀，人必見之，故君子于公言大節，自持必嚴；即恆言細行，自檢必密也。必聞其聲，義與車之見軾相發；必見其成，義與衣見敝相發。服之無射，喻謹言慎行，終吾身不可懈惰也。〔註5〕

此解於義理當然勉強可以說通，但是「必見其成，義與衣見敝相發」，仍然讓人覺得「衣見敝」怎麼可以比喻「行必見其成」呢？二義相反，擺在一起講，怎麼看都很勉強。

王引之《經義述聞》則把「敝」從假借的路子解為「袂」：

> 「苟有車，必見其軾；苟有衣，必見其敝；人苟或言之，必聞其聲；苟或行之，必見其成。〈萬覃〉曰：服之無射。」鄭注曰：「言凡人舉事必有後驗也。見其軾，謂載也；敝，敗衣也，衣或在內，新時不見。」家大人曰：「此言行之必見其成，而以衣之必敗為喻，則為不倫，且與引《詩》之意不合。鄭注謂衣或在內，新時不見，其失也迂矣。今案：敝音布幾反，謂衣袂也。《廣雅》：「裿，袂也。」曹憲音布蔑反，古無「裿」字，借「敝」為之。《齊風·敝笱》釋文：「敝，徐扶滅反。」敝裿聲相近，故字亦相通。有車則必見其軾，有衣則必見其袂，有言則必聞其聲；為其事而無其功者，未之有也。故引《詩》以明之。或曰：「敝，古通作蔽字，謂蔽膝也。蔽膝謂之韍，亦作紱。鄭注〈玉藻〉云：韍之言蔽也。《白虎通·紱冕》篇：紱者蔽也。」案：蔽膝不可但謂之蔽，韍之言蔽，紱者蔽也，皆釋其命名之義如此，非謂韍一名蔽也。経也者實也，不可謂経為實，

〔註5〕參杭世駿《續禮記集說》（明文書局，1992年7月）卷九十二，葉三十三，總5448頁引。

袗之為言倞也，又豈可謂袗為倞乎！〔註6〕

王引之所引「或曰敝謂蔽膝」，應該是洪頤煊《讀書叢錄》的說法。但是，洪文中也引了王引之之說，二家互引而互駁之，相當有趣：

〈緇衣〉「苟有車，必見其軾；苟有衣，必見其敝。」鄭注：「敝，敗衣也，衣或在內，新時不見。」王氏引之《經義述聞》：「此言行之必見其成，而以衣之必敗為喻，則為不倫，且與引《詩》之意不合。」頤煊案：敝，古通作蔽字，謂蔽膝也。蔽膝謂之韍，亦作韠。〈玉藻〉「一命縕韍黝衡」，鄭注：「韍之言亦蔽也。」《白虎通·紼冕》篇：「紼者蔽也。」軾，車前橫木；蔽膝亦在衣前，其義一也。〔註7〕

旭昇案：王引之讀「敝」為「袂」，洪頤煊讀「敝」為「韍」，都以衣制與車制對比，二說其實差不多，而王引之卻評洪頤煊之說不可從。其實，王引之謂「敝」讀為「補」，引《廣雅》「補，袂也」，也是先通過假借的手段，讀「敝」為「補」，然後再引《廣雅》釋為「袂」。其曲折的程度和洪頤煊並沒有太大的不同。洪頤煊引〈玉藻〉鄭注「韍之言亦蔽也」，主張敝讀為蔽，再讀蔽為韍，同樣是透過通假的手段。而洪頤煊釋「敝」為「韍」，韍在衣前，與軾在車前同例，其說並不遜於王說。

再說，王說與洪說，其實都嫌牽強。車之有軾、衣之有敝（袂、韍）都是靜態的物，沒有行動，不足以比擬「言之必聞其聲」、「行之必見其成」的動態的行為。二說都不是很完美的解釋。

三、新材料的解讀

《郭店楚墓竹簡》、《上海博物館藏戰國楚竹書（一）》出版後，二書都有〈緇衣〉一篇，為上述本章的難題帶來了解決的曙光。《郭店楚墓竹簡·緇衣》簡40-41原釋文云：

子曰：句（苟）又（有）車，必見其𣃘（第）。句（苟）又（有）

〔註6〕《經義述聞》（商務印書館：王雲五主編《國學基本叢書四百種》第23冊，1968年12年）卷16，頁632。

〔註7〕洪頤煊《讀書叢錄》（廣文書局借中央研究院光緒丁亥夏六月吳氏醉六堂本影印，1977年1年），頁148。

衣，必見其幣（敝）。人句（苟）又（有）言，必誾（聞）其聖（聲）；句（苟）又（有）行，必見其成。《寺（詩）》云：「備（服）之亡懌。」〔註8〕

很明顯地，文字和傳本《禮記》小有出入。原考釋所隸「敧」字，原圖版作「敧」，《郭店楚墓竹簡》原考釋注101從朱德熙先生釋「敧」，讀「弼」，亦通作「第」。裘錫圭案語則謂：「疑可讀作『蓋』，指車蓋。」以上的解釋，大體上還是從今本《禮記·緇衣》的注疏出發，對於「第」只是車子的一部分，衣服穿久了會敝壞，這兩個喻依為什麼可以比喻「人苟有言，必聞其聲；苟有行，必見其成」這個喻體，仍然沒有很好的說明。

《上海博物館藏戰國楚竹書（一）·緇衣》簡20-21原釋文則作：

子曰：「句（苟）又（有）車，扎見亓（其）轚；句（苟）又（有）衣，扎□□□□□□□□□□□□□□扎見亓（其）成。」《旹（詩）》員（云）：「備（服）之亡（無）臭（斁）。」〔註9〕

原考釋指出「扎」字郭店簡及今本皆作「必」，其實此字即「必」之異體〔註10〕。「轚」字，李零〔註11〕、劉信芳〔註12〕都指出應讀「轍」。張富海則進一步引《古文四聲韻·薛韻》所引古《老子》（𥁕）和《義雲章》（𥁕）之「轍」字右所從與此字左旁形近，疑敧就應釋為散〔註13〕；徐在國先生〈釋楚簡「徹」及相關字〉贊同張說〔註14〕。旭昇案：諸家之說可從，詳參《上海博物館藏戰國楚竹書（一）讀本》考釋〔註15〕。

─────────

〔註8〕《郭店楚墓竹簡·緇衣》（文物出版社，1998年5月），頁131。

〔註9〕馬承源主編《上海博物館藏戰國楚竹書（一）·緇衣》（上海古籍出版社，2001年11月），頁195～196。

〔註10〕李零〈郭店楚簡校讀記〉，《道家文化研究》第17輯（北京：三聯書店，1999年8月），頁484。

〔註11〕李零〈郭店楚簡校讀記〉，《道家文化研究》第17輯（北京：三聯書店，1999年8月），頁487。

〔註12〕劉信芳〈郭店楚簡〈緇衣〉解詁〉，《郭店楚簡國際學術研討會論文集》（湖北人民出版社，2000年5月），頁177。

〔註13〕張富海《郭店楚簡〈緇衣〉篇研究》（北京大學碩士論文，2002年），頁30。

〔註14〕徐在國〈釋楚簡「徹」及相關字〉，「中國南方文明學術研討會」論文，臺北：中央研究院歷史語言研究所，2003年12月19～20日。

〔註15〕季旭昇主編《上海博物館藏戰國楚竹書（一）讀本》（台北市：萬卷樓圖書公司，2004年6月），頁150。

把「鑿」字解為「轍」，對全章的解釋有很大的幫助。因為車子只要駛出去，就必然會有車轍，這可以比喻「言必有聲，行必有成」。但是，對今本與《郭店》本「人苟有衣，必見其敝」，為什麼也可以比喻「言必有聲，行必有成」，各家仍然完全沒有提供任何解答。

四、全章的正解

在各家解釋的基礎上，我們認為《郭店楚墓竹簡・緇衣》本章當釋讀為：

子曰：句（苟）又（有）車，必見其敝（轍）；句（苟）又（有）衣，必見其幣（敝）人；句（苟）又（有）言，必訢（聞）其聖（聲）；句（苟）又（有）行，必見其成。《寺（詩）》云：「備（服）之亡懌。」

《上海博物館藏戰國楚竹書（一）・緇衣》本章則可以補足並釋讀為：

子曰：「句（苟）又（有）車，朼（必）視（見）兀（其）鑿（轍）；句（苟）又（有）衣，⸢朼（必）視（見）其希（幣／蔽）人；苟有言，朼（必）聞其聲；苟有行，⸣ （必）視（見）兀（其）成。」《訾（詩）》員（云）：「備（服）之亡（無）臭（厭）。」

這樣斷讀與傳統舊注及《郭店》、《上博》學者們的注解最大的不同，是我們把「苟有衣，必見其敝；人苟有言，必聞其聲」，改讀成「苟有衣，必見其蔽人；苟有言，必聞其聲」。無論是今本的「敝」或《郭店》本的「幣」，都應該讀為「蔽」，而且要與下一「人」字連讀。「蔽人」謂遮蔽人，衣服的基本功能是遮蔽人，無論是為了禦寒或遮羞。如此改讀之後，今本《禮記・緇衣》原文當作：

苟有車，必見其軾；

苟有衣，必見其敝人；

苟或言之，必聞其聲；

苟或行之，必見其成。

《郭店》及《上博》的〈緇衣〉篇原文則當作：

苟有車，必見其轍；

苟有衣，必見其蔽人；

苟有言，必聞其聲；

苟有行，必見其成。

從義理上來說：車子只要駛出去，就會看到車轍，就能得到達到目的地的結果；衣服只要穿起來，就能達到遮蔽人體的結果；話只要肯好好的說，就能達到讓人聽聞的結果；人只要肯好好的做事，就能達到成功的結果。因此本章最後引《詩》說：「服之無射。」鄭箋：「服，整也。」整，謂整理，義與「從事」同，《周頌‧噫嘻》「亦服爾耕」，鄭箋：「服，事也。」「服之無射」的意思就是：「努力地從事而不厭倦。」（孔疏把「服」字釋同今義之「穿」，並不恰當。）鄭注《禮記‧緇衣》本章云：「言凡人舉事必有後驗也。」對於章旨的把握，其實是相當正確的。從句法來看，本章四句都以「苟……」開頭，句法也比較整齊。

我提出這個看法後，張榮焜學棣也指出根據文物出版社出版的大字本《郭店楚墓竹簡‧緇衣》〔註16〕，此句「人」字右下方有一小點，當是標點符號，指示讀者要在「人」字下斷讀。這一發現支持了我們把「蔽人」連讀的這個看法。但是，仔細查核1998年5月文物出版社出版的《郭店楚墓竹簡‧緇衣》原照片，「人」下卻完全看不到這一點，不知道是照像的關係，還是制版時修版把這一點給修掉了。從這一點來看，出土文物中的文字材料，照像非常重要。《上海博物館藏戰國楚竹書》採用彩版放大的照片，是最正確的做法。

其實，在舊籍注解中，也保留了這一讀法的蛛絲馬跡，《經典釋文》云：

敝，鄭婢世反，敗也；庾必世反，隱蔽也。人苟或言之，一本無人字。〔註17〕

據此，傳本《禮記‧緇衣‧苟有車》章的「敝」字也有解釋為「隱蔽」的。衣服能隱蔽什麼呢？應該就是「蔽人」吧！「人苟或言之，一本無人字」，說明了在《經典釋文》所收的注解中，也有斷讀為「苟或言之」的，「一本無人字」，那麼「人」字那裡去了呢？顯然有可能本來是屬上讀的。從《經典釋文》來看，傳本《禮記‧緇衣》舊解中應該也可能有「苟有衣，必見其蔽人；苟或言之」這一讀法的。只是鄭注通行之後，這一讀法不受重視，因此後世不得

〔註16〕大字本《郭店楚墓竹簡‧緇衣》（文物出版社出版，2002年10月），頁40。
〔註17〕《十三經注疏‧禮記‧緇衣》（藝文印書館，1960年），頁934。

見其全貌，只能在《經典釋文》中保存了這一點點蛛絲馬跡而已。

　　至於本來很通順的「苟有車，必見其轃（或作「敯」，均讀為「轍」）；苟有衣，必見其蔽人；苟有言，必聞其聲；苟有行，必見其成」，為什麼會變成傳本不太通順的「苟有車，必見其軾；苟有衣，必見其敝；人苟或言之，必聞其聲；苟或行之，必見其成」呢？最可能的原因，應該是秦火之後，文獻散亡，字體改變，「轃」（或作「敯」）字漢人不認得了。因為不認得，所以誤為「軾」。加上「軾」字和「敝」字可以押韻（「軾」字上古音在職部，「敝」字上古音在月部，職部和月部主要元音相近，韻尾相同，先秦至西漢文獻中通押的例子很多〔註18〕），因此「轍」字就訛成「軾」字了。這些因素湊在一起，傳本《禮記·緇衣》就讀成「苟有車，必見其軾；苟有衣，必見其敝；人苟或言之，必聞其聲；苟或行之，必見其成」了。「人」字既屬下讀，「苟有衣，必見其敝」就變得很不好理解。鄭注左支右絀，仍舊難以彌縫其說，但是鄭注解釋全章章旨「言凡人舉事必有後驗也」卻仍然保留了舊說，因而造成了經文、鄭注的支離難解。後代學者努力地加以詮釋，也難以疏通。現在由於《郭店》、《上博》〈緇衣〉篇的出現，讓我們看到了合理通暢的原文，也讓我們看到秦火對先秦文獻所造成的重大傷害，以及漢代典籍中錯誤板本形成的過程。

　　原發表於「第五屆中國經學研究會國際學術研討會」，政治大學中文系·2007 年 11 月 17～18 日。

〔註18〕參陳師新雄《古音學發微》（台灣師大博士論文，1972 年嘉新水泥公司文化基金會叢書），頁 1056。

《禮記・緇衣》
「苟有衣必見其蔽人」再議

一、前　言

《禮記・緇衣・苟有車》章云：

> 子曰：「苟有車，必見其軾；苟有衣，必見其敝；人苟或言之，
> 必聞其聲；苟或行之，必見其成。〈葛覃〉曰：『服之無射。』」

小文〈從楚簡本與傳世本談《禮記・緇衣・苟有車》章的釋讀〉提出本章應該讀為：

> 子曰：「苟有車，必見其軾；苟有衣，必見其敝人；苟或言之，
> 必聞其聲；苟或行之，必見其成。〈葛覃〉曰：『服之無射。』」〔註1〕

小文提出後，引起了一些學者的回響。林清源先生在 2008 年 12 月 12 日至 14 日由中央研究院歷史語言研究所舉辦的第二屆「古文字與古代史」國際學術研討會中發表〈楚簡《禮記・緇衣》「苟有車」章考釋〉一文，針對小作提出不同的看法，以為本章仍以鄭注舊讀為妥。其後虞萬里先生於 2009 年 12

〔註 1〕季旭昇〈從楚簡本與傳世本談《禮記・緇衣・苟有車》章的釋讀〉，第五屆中國經學研究會國際學術研討會，政治大學中文系主辦，2007 年 11 月 17〜18 日；其後稍作修改，刊登於武漢大學《簡帛》第三輯，頁 153〜162，上海古籍出版社出版，2008 年 10 月。

月 5 日在復旦大學出土文獻與古文字研究中心網站首發〈郭店簡《緇衣》「人苟言之」之「人」旁點號解說——兼論古代塗抹符號之演變〉，以為「子曰：『苟有車，必見其軾；苟有衣，必見其敝；人苟或言之，必聞其聲；苟或行之，必見其成』」句中「人苟或言之」的「人」為衍字，全章應作：

> 子曰：「苟有車，必見其軾；苟有衣，必見其敝；苟或言之，必
>
> 聞其聲；苟或行之，必見其成。〈葛覃〉曰：『服之無射。』」

二家都對小文提出不同程度的修正，疑義相析，啟我良多。拜讀之後，自是應該提出一些讀後感，以為回應。

小文指出，《禮記・緇衣・苟有車》章現行傳世本一般作如下句讀：

> 子曰：「苟有車，必見其軾；苟有衣，必見其敝；苟或言之，必
>
> 聞其聲；苟或行之，必見其成。〈葛覃〉曰：『服之無射。』」〔註2〕

這種讀法，有很多義理上的滯礙，所以歷代學者已有不少人出其缺點，並提出了修正的釋讀，但也多半難愜人意。這些，我在上揭小文中已經把重要的資料都分析過了，此不贅述。

《郭店楚墓竹簡》出版後，我們看到該書〈緇衣〉篇簡 40-41 的原文與傳世《禮記》稍有不同，簡 40-41 原釋文云：

> 子曰：「句（苟）又（有）車，必見其敭（簰）。句（苟）又（有）
>
> 衣，必見其幣（敝）。人句（苟）又（有）言，必龠（聞）其聖（聲）；
>
> 句（苟）又（有）行，必見其成。《寺（詩）》云：『備（服）之亡
>
> 懌。』」〔註3〕

三年後出版的《上海博物館藏戰國楚竹書（一）》很幸運地也有〈緇衣〉篇，其中簡 20-21 原釋文作：

> 子曰：「句（苟）又（有）車，北〔註4〕見丌（其）鼙；句（苟）
>
> 又（有）衣，北□□□□□□□□□□□□□□北見丌（其）成。」

〔註2〕《十三經注疏・禮記・緇衣》（藝文印書館，1960 年），頁 931。

〔註3〕《郭店楚墓竹簡・緇衣》（文物出版社，1998 年 5 月），頁 131。

〔註4〕原考釋指出「北」字郭店簡及今本皆作「必」。其實此字即「必」之異體，參李零〈郭店楚簡校讀記〉，《道家文化研究》第 17 輯（北京：三聯書店，1999 年 8 月），頁 484。

《峕（詩）》員（云）：「備（服）之亡（無）臭（斁）。」〔註5〕

很清楚地，《郭店》本和《上博》本大體相同，其與今本的不同，主要在於今本「茍有車，必見其軾」的「軾」字，《郭店》本作「斅」、《上博》本作「𤫩」，此外的文字，經過釋讀之後，三個本子基本上都是一樣的。而「軾」、「斅」、「𤫩」的不同，很快地就得到解決了。郭店原考釋所隸「斅」字，原圖版作「𣁫」，《郭店楚墓竹簡》原考釋注 101 從朱德熙先生釋「斅」，讀「弼」，亦通作「第」。裘錫圭先生案語則謂：「疑可讀作『蓋』，指車蓋。」李零先生〔註6〕、劉信芳先生〔註7〕則指出應讀「轍」。張富海先生則進一步引《古文四聲韻‧薛韻》所引古《老子》（𥜽）和《義雲章》（𥜲）之「轍」字右所從與此字左旁形近，疑「斅」就應釋為「散」〔註8〕；徐在國先生〈釋楚簡「散」及相關字〉贊同張說〔註9〕。旭昇案：諸家討論頗詳，大部分的學者都贊成把「斅、𤫩」字解為「轍」，這麼一來，《禮記‧緇衣‧茍有車章》第一句「茍有車，必見其軾」的問題就解決了。原來今本《禮記》「茍有車，必見其軾」有錯字，原文當作「茍有車，必見其轍」，意思是：「如果有車子，（只要駛出去）我們就必然能看到它達到目的地的轍跡」，這就可以用來比喻下文的「言必有聲」、「行必有成」了。

「茍有車，必見其軾」和「茍或言之，必聞其聲」、「茍或行之，必見其成」句法、意旨一致，大體沒有什麼問題。但這三句和「茍有衣，必見其蔽」放在一起，始終令人覺得不搭調。因為「茍有衣，必見其蔽」怎麼讀也不是一句好話，好端端的人，拿件破衣服來做比喻，這不太像是孔子該說的話。我認為下句的「人」字應該屬上讀，即本句應讀作「茍有衣，必見其蔽人」，這樣一來，四句話的旨意就完全一致了。

〔註5〕馬承源主編《上海博物館藏戰國楚竹書（一）‧緇衣》（上海古籍出版社，2001 年 11月），頁 195〜196。

〔註6〕李零〈郭店楚簡校讀記〉，《道家文化研究》第 17 輯（北京：三聯書店，1999 年 8月），頁 487。

〔註7〕劉信芳〈郭店楚簡〈緇衣〉解詁〉，《郭店楚簡國際學術研討會論文集》（湖北人民出版社，2000 年 5 月），頁 177。

〔註8〕張富海《郭店楚簡〈緇衣〉篇研究》（北京大學碩士論文，2002 年），頁 30。

〔註9〕徐在國〈釋楚簡「散」及相關字〉，「中國南方文明學術研討會」論文，臺北：中央研究院歷史語言研究所，2003 年 12 月 19〜20 日。

二、林清源先生的看法

小文提出後，林清源先生在〈楚簡《禮記・緇衣》「苟有車」章考釋〉一文中提出了不同的看法，林文以為：

> 季先生所持理由如下：（一）從句法來看，該章正文都是以「苟……」開頭，句法比較整齊；（二）《經典釋文》云：「人苟或言之，一本無人字。」據此可知在陸德明所見的注解本中，應當已有將「人」字歸屬上讀的版本；（三）大字本《郭店・緇衣》一書，在此句「人」字右下方有一個小黑點，而那個小黑點應當兼具「斷句」和「抄漏」雙重功能，指示讀者要在「人」字下斷讀。

接著林文針對以上這三點一一提出他的看法：

> 第（一）點，按照傳統句讀方式，此章「人」字應當是主語，可兼攝下文第三、第四兩個複句；而第一、第二兩個複句的主語，原本應該也是「人」字，只因這個「人」字探下文的主語而省略，以致形成零主語句的表象。〔註10〕就句法結構來說，若按照傳統句讀方式，該章四個排比複句，句式結構對仗工整，而且四個賓語B皆為單音節名詞。若改採季先生新的斷句方式，反而會破壞「苟有A，必見（聞）其B」的排比句式，原本整齊的字數會變得參差不齊，更重要的是第二句的賓語B，勢必得由原先的單音節名詞轉變為動賓詞組「敝人」，顯得相當突兀不協調。第（二）點，《經典釋文》只說「一本無人字」，並未說「一本人字屬上讀」，這兩項命題沒有因果關係，單憑「一本無人字」這句話，無法證明當時即有「人」字屬上讀的版本。第（三）點，大字本郭店楚簡〈緇衣〉簡40那個小黑點，其來歷與性質皆須進一步查證與討論，目前還不宜充當判斷簡文句讀的主要證據。

針對第（三）點，林文非常細心地比對精裝本《郭店》和大字本《郭店》，並指出：

> 大字本《郭店楚墓竹簡》的編印，主要訴求對象不是古文字學

〔註10〕楊伯峻、何樂士，《古漢語語法及其發展》（北京：語文出版社，1992年），頁817～818。

者，而是書法愛好者。大字本為求方便讀者觀察簡文筆畫，不僅將竹簡圖版放大數倍，可能還對圖版略做修飾。筆者曾逐簡比對這兩種版本，發現在正常字跡之外，大字本經常比精裝本多出一些來路不明的點畫和團塊；相對而言，精裝本卻未見較大字本多出任何來路不明的點畫和團塊。根據此一現象推估，大字本的編輯人員極有可能運用 Photoshop 之類的電腦軟體，在掃瞄圖檔上調整亮度和對比度，希望藉此讓簡文筆畫變得更加清晰。

林文同時舉出大字本比精裝本多出的小黑點，如〈緇衣〉簡 40「人」字右下方、〈老子甲〉簡 24「勿」字的右上方等至少有八例。用來說明大字本《郭店・緇衣》簡 40 的應是文物出版社為書法界出書時修圖所造成的，疑非是《郭店》原簡所當有。

林文以為，「苟有車」章的「轍」、「敝」、「聲」、「成」四個字，應分別訓解為「車轍」、「破綻」、「音訊」、「結果」，均為中性詞。據學者研究成果可知，〈緇衣〉主要訴求對象為各國執政者。在這樣的論述脈絡中，「苟有車」章「子曰」那段話，儘管其中的「聲」、「成」二字為中性詞，孔子苦口婆心規勸執政者謹言慎行的心意依舊清晰，不致於被誤解成鼓勵執政者凡事皆可剛愎自用。

在文章的最後，林文對《禮記・緇衣・苟有車》章做了如下的總結：

> 若從時間推移所產生的作用力來考慮，即可將〈緇衣〉「苟有車」章三個段落串聯起來，共同構成一個義理通貫的文本。「苟有車」章的內容是說：世間所有的人事物，都得接受時間的試煉。譬如，車子往來輾壓，日子一久，路面就會凹陷，以致產生車轍。又如，衣服反覆穿戴，日子一久，布面就會磨損，以致露出破綻。同樣的道理，掌握國家治權的君子，實為全民仰望的對象，其言行舉止動見觀瞻。在位君子所做所為，經過長時間的口耳傳播，日子一久，其言語內容將為全民所聞知，且其政令成效終究還是得面對全民的檢驗。孔子有感於此，遂告誡掌權執政的君子們，務必以天下蒼生為念，時時敬慎從事，不可懈怠荒淫，否則時日一久，種種惡言劣行，終將無所遮掩。

林文所提出的觀點，有一定的說服力，但是放在本文的中心議題來看，則

只能說是見仁見智，並不是鐵證。例如大字本的小黑點，固然有可能是文物出版社修圖所致；但精裝本也是文物出版社出版的，也不能排除是經過修圖，因而看不到小黑點〔註11〕。這個問題，要實際到博物館察看原簡才能解決。不過，究竟有無小黑點，其實和「人」字屬上讀或下讀無關。真正重要的是文義理解。林文以為本章四句都是中性用語。不過，我個人很難接受「苟或行之，必見其成」的「成」字是中性用語，也很難接受「苟有衣，必見其敝」的「敝」是中性用語。本章四句，真正的核心句子是最後一句的「苟或行之，必見其成」，而這一句的「成」字似乎還是以釋為「成效」、「成功」、「完成」等意思較好。準此，「苟有衣，必見其敝」的「敝」是負性用語，也就甚不合調，孔穎達疏對鄭注「敝，敗衣也，衣或在內，新時不見」早就提出了質疑：

> 以經云「苟有其車必見其載」，「苟有其衣」當言「必見其著」，
> 今乃云「必見其敝」，以求初新著時或在內裏，人不見也，其敝破棄
> 時乃始見，故云必見其敝。〔註12〕

林文在結語中說：

> 由〈緇衣〉「苟有車」章的案例來看，以鄭玄為代表的漢代儒生，
> 其所處時代離先秦典籍成書年代不遠，按照一般常理推想，他們對
> 於古代漢語及其社會背景的掌握，應比兩千多年之後的我們更佔優
> 勢，而且漢儒治學注重師承家法，其訓詁意見大多前有所承，在這
> 種情況下，對於漢儒所作的箋注訓詁，我們應當給予高度重視，並
> 儘可能站在他們的立場設想，理性評估漢儒舊說的可信度，不宜存
> 有標新立異的心態，輕率否定漢儒舊說。

本章的鄭注確實不妥，因此理當「疏不破注」的孔穎達疏都忍不住要對鄭注提出質疑，則今人對本章「否定漢儒舊說」似難評為「輕率」、「標新立異」。

〔註11〕這一點可能要細審原簡之後才能判斷。我和林清源先生、沈寶春先生本來計劃要去看原簡，不過後來因為大家時空湊不齊而作罷。因而我用寫電子信請教陳偉先生，陳偉先生的回函如下：「照片中的二處墨點亦已察看。就我所知，先前有二套照片。《郭店楚墓竹簡》用的是一套，而我查看的是另外一套。這套照片中「人」「古」二字右旁都有小黑點，形狀、大小略同于字帖本。」旭昇案：「字帖」即「大字本」。

〔註12〕《十三經注疏・禮記・緇衣》（藝文印書館，1960年），頁931～932。

三、虞萬里先生的看法

小文在政治大學發表的時候，虞萬里先生在場，對小文的看法頗感興趣。兩年後，虞萬里先生發表了〈郭店簡《緇衣》「人苟言之」之「人」旁點號解說——兼論古代塗抹符號之演變〉，對小文的看法提出了不同的意見。虞文以為小文提出新說的理由有四：

一、一章四句都以「苟……」開頭，句法整齊；

二、大字本《緇衣》圖版「人」字右下有一小黑點，這表明要在「人」字下斷句；

三、陸德明《釋文》有「一本無人字」記載；

四、本章聲、成押韻，而誤讀成「戠」之字可以與「敝」字押韻，因而誤成「敝」字斷句，「人」字屬下讀。

虞文最主要的看法是：小文以為《郭店‧緇衣》簡40「人」字旁的小黑點是寫錯字後的塗抹符號。虞文舉了以下四個證據：

一、《爾雅‧釋器》「滅謂之點」郭璞注：「以筆滅字爲點。」邢昺疏：「今猶然。」姚正父講得更清楚，謂「以筆加小黑以滅其字也」。

二、《史記‧梁孝王世家》「李太后亦私與食官長及郎中尹霸等士通亂」張守節正義：「張先生舊本有『士』字。先生疑是衍字，又不敢除，故以朱大點其字中心。」這位張先生僅是在「士」字上施一大點。……同樣，古今盛傳的禰衡爲黃射作《鸚鵡賦》，「攬筆而作，文無加點，辭采甚麗」。与之同時的張純，少謁鎮南將軍朱據，據令賦一物然後坐，他也是「應聲便成，文不加點」。

三、《唐寫本唐韻‧入陌》：「袙，静或， 複。」「静或」二字旁各有「…」點，此乃鈔者誤看下文「蕶，静。或作蕠」之「静或」而抄錄，既而覺其誤，乃於字旁用「…」點表示塗抹。又《廿八緝》「戠」字下「字紵統云」，顯然是「統」字偏旁寫好後，誤寫「字」字，遂成一怪字，既覺而旁注「…」點，表示刪除。〔註13〕

四、P3633《龍泉神劍歌》中有「永爲皇業萬千年」七字，用一根豎綫通貫字上；上溯敦煌漢簡 1975B 有一條粗墨綫劃去數字，[20]皆表示塗滅。豎線加

〔註13〕其它類似的，以及唐以下的例子從略。

點，便成「⺊」，趙彥衛《雲麓漫鈔》卷三誤以為「『非』字之半」。又或作「⺊」形，皆表示誤寫塗抹。

根據以的證據，虞文主張《郭店・緇衣・苟有車》簡40「人」字旁的小點應該是誤寫塗抹符號，但是上舉塗抹符號又都見於漢以後，先秦未見。虞文於是在《郭店・尊德義》中找了一個類似的例子，說明《郭店》時可能已經有誤寫塗抹符號：

> 郭店簡《尊德義》有句：「善者民必福，福未必和，不和不安，不安不樂。爲古率民向方者，唯德可。德之流，速乎置郵而傳命。」其中「爲古」二字頗可注意，簡文「古」旁如「」一樣有一點作「」（簡如圖），而與上舉在字下較遠處的句讀符號不同。《郭店簡》整理者「爲古率民向方者」連讀，有些學者在「爲古」後停頓加逗號。[25]「爲」有「以」義，《左傳・僖公二十八年》「爲其所得者棺而出之」是其義。[26]爲作「以」解，則「爲古」猶「以故」，但「爲古」連用絕不見於出土和傳世文獻。體味《尊德義》一段文字，「爲古」一語承接上文「福未必和，不和不安，不安不樂」而言，以引出下文「唯德可」三字。立足於此，「爲」可以解爲「則」；而「古（故）」在此句中固可釋爲「是以」，也可以解爲「則」，語意不變。單言「爲」或單言「古」於文義皆通，「爲古」連用雖無礙文義，可看作同義復詞，但絕無用例。在此前提下不得不考慮審視「」旁之一點是否係塗抹符號。若「」爲衍文當刪，則此句原文成「爲率民向方者」，亦即「則率民向方者，唯德可」，文義通順。

這個例子，虞文自己先說「以『、』爲塗抹符號，雖未能在竹簡中找到確證，但有一例非常可疑」，這說明了虞文自己也沒有把握。

其次，虞文舉的這個例子，其實很難成立，因為〈尊德義〉簡28「古」字旁邊的這個小點實在小到不成點，我們試把〈緇衣〉「人」旁的小點與〈尊德義〉「古」旁的小點用同樣的尺寸擺在一起比較，就可以看出二者明顯的不同（虞文把〈緇衣〉的「人」字縮小到只有〈尊德義〉「古」字的一半大，實有誤導讀者之嫌）：

〈緇衣〉　　　　 〈尊德義〉

　　像虞文所舉〈尊德義〉那麼小的黑點，我們要找的話，其實是非常多的，就以〈尊德義〉一篇來看，以下都是類似的小黑點：

 簡 3「怨」　　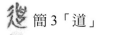 簡 3「道」　　 簡 5「禹」　　 簡 5「人」

 簡 6「民」　　 簡 8「道」　　 簡 22「智」　　簡 28「古」

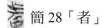 簡 28「者」　　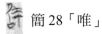 簡 28「唯」　　 簡 29「弗」　　 簡 36「民」

　　類似的小黑點實在是太多了，舉不勝舉，其構成都是和虞文所舉的簡 28「古」字右旁的小點一模一樣，從小點的形狀來看，它不可能是毛筆書寫的塗抹符號，應該是竹子本身（例如蟲蛀）或其它因素所造成的污點。因此，虞文似未能舉出先秦有以「點」做為誤寫塗抹符號的例子。

　　從殷商甲骨來看，書寫錯誤往往是用刀削去。陳煒湛先生在《甲骨文簡論》中曾舉了四片刮削後重刻的例子——《美錄》USS651（案：即《合》26101）、《美錄》USB92（案：即《合》30448）、《美錄》USB505（案：即《合》32961）、《乙》4678（案：即《合》22050）。〔註14〕我們試舉比較清晰的《合》26101 為例，其下半中行「貞」下一字「今」四周確實有很明顯的刮削痕迹。

《花園莊東地甲骨》第 31 版辭云：

□午卜□

□歲□扎一□

───────────────

〔註14〕陳煒湛《甲骨文簡論》（上海古籍出版社，1987 年 5 月），頁 56～57。

□卯□匕（妣）庚□

辭中空缺之處都是經過刮削的〔註15〕，刮削原因雖不可知，但甲骨的字是可以刮削，這是毫無疑問的。

《上海博物館藏戰國楚竹書（一）‧孔子詩論》所謂的「留白簡」，我親訪上海博物館細看竹簡實物，留白部分確實比其它部分薄，顯然是削過的。另外，《昭王毀室》簡4「卜命尹」的「尹」，馮勝君先生指出此處原誤寫作「君」，後將其下的「口」旁刮去。〔註16〕漢簡出土往往有「削衣」，即木簡寫過的字被削去的薄片。這些都說明了自古相傳竹木簡的書寫「筆則筆，削則削」，刪去文字當以削為傳統。當然，這不是說先秦竹木簡寫錯字完全不可能用塗抹符號來註記，只是目前出土實物還看不到。

《郭店》、《上博》問世，其中〈緇衣〉篇與傳世本的不同，有些現象對虞文是比較有利的，例如傳世本「苟有車，必見其軾」，楚簡本作「苟有車，必見其轍」，「軾」字和下句「敝」的押韻並不很諧；但是「轍」字和「敝」字的韻腳就完全同韻，因此把「苟有衣，必見其敝人」的「人」字刪掉，這兩句的押韻就顯得極為完美，句法也整齊一致。虞文說：

> 首先從章節句式而言，古人文不輕著，下筆都幾經思考，在需要整齊的地方，一般不會苟且。本章簡本大致是前三字，後四字，獨獨第三句是前四字後四字，即或依從季文將「人」從上讀，第二句變成前三字，後五字，仍然破壞了應有的整齊。退而論之，「人」作為「言」「行」的領格主語，固在情理之中，但「車」「衣」也是依附於人才有「轍」和「敝」，為什麼不將「人」置於章首呢？如果刪去「人」字，主觀的人仍然是車、衣、言、行的潛在主語，而前後句式則達到了正真的整齊。
>
> ………
>
> 「苟有車」章確實係韻文，其首句「轍」，古音定紐月部；次句「敝」，並紐月部；三句「聲」，書紐耕部；四句「成」，禪紐耕

〔註15〕參中國社科院考古研究所編《花園莊東地甲骨》（昆明：雲南人民出版社，2003年），第六冊，頁1571考釋。

〔註16〕見馮勝君《二十世紀古文獻新證》（濟南：齊魯書社版，2006年），頁211。本條資料承蘇建洲棣檢得，特此致謝。

部。故轍、敝，月部相諧，聲、成，耕部相諧。兩韻一轉，整齊明白。若依季文將「人」字屬上讀，聲、成諧韻而轍與人不諧韻，但「轍」與「人」前之「敝」字卻正好能諧韻，實在是一種非常理的巧合。

虞文的思考非常細膩。不過，以為「古人文不輕著，下筆都幾經思考，在需要整齊的地方，一般不會苟且」，則似嫌求推太過。《禮記‧緇衣》一篇，主要是在闡發孔子的政治思想，以義理為主，並不以辭章取勝。因此全篇可以押韻而並沒有刻意押韻、可以整齊句法而並不刻意整齊的例子，其實比比皆是，我們試以《上博‧緇衣》簡12-13〈長民者教之以德〉章為例：

　　子曰：

　　長民者教之以德，齊之以禮，則民有勸心。

　　　教之以政，齊之以刑，則民有免心。

　　　　故子以愛之，則民有親；

　　　　信以結之，則民不背；

　　　　恭以涖之，則民有遜心。

我們可以看到，「教之以德，齊之以禮，則民有勸心」和「教之以政，齊之以刑，則民有免心」二句，句法整齊，「勸」和「免」也押韻〔註17〕；但是「子以愛之，則民有親」、「信以結之，則民不背」、「恭以涖之，則民有遜心」三句，句法結構相同，稍受過辭章訓練的人很容易地就可以讓這三句的句子完全整齊化，並且使之押韻。但是，《上博‧緇衣》的作者並沒有這麼做，可見得本篇的確不以辭章為重，句法、押韻都不該做為第一考量。

我對出土文獻、傳世文獻的態度，一向是持著尊敬謹慎，能夠不說文獻錯誤的時候，儘量不去更動文本。但是，當傳世本《禮記‧緇衣‧苟有車》章的文義有明顯的滯礙，前輩學者已經提出不少質疑，而新出的郭店、上博本《禮記‧緇衣‧苟有車》章很可以提供修正證據的時候，我們不妨採信時代更早的郭店、上博本。同樣的，當郭店本《禮記‧緇衣‧苟有車》章的文句明明白白地作「句（苟）又（有）衣必見亓（其）䏆人」，「人」旁有小點（即如林清

〔註17〕反倒是今本《禮記‧緇衣》作「夫民教之以德，齊之以禮，則民有格心；教之以政，齊之以刑，則民有遜心」，變成不押韻。

源先生懷疑這個小點可能是文物出版社修圖造成的,本來應該沒有這個小點,也不影響本文的論點),而簡背補漏明明有一句「句(苟)又(有)言必聞亓(其)聖(聲)」,依照這個的情況來看,讀成「苟有車必見其轍,苟有衣必見其蔽人;苟有言必聞其聲,苟有行必見其成」,文從句順,義理妥適,應該是比較好的選擇。因此,在沒有很堅強的情況之下,本文採取的態度是尊重原始文本,不以為「人」是衍字。

本文是在國科會研究計畫「楚系簡帛文字字典編纂計畫——上海博物館藏戰國楚竹書、曾侯乙簡、香港中文大學文物館藏簡牘(Ⅱ)」項下的研究成果,研究編號為 98-2410-H-364-012-。原發表於嘉南藥理科技大學通識教育中心「2010 年經典教學與簡帛」,2010 年 5 月 7 日。

從簡本〈緇衣〉「章好章惡」章 到今本〈緇衣〉「章善癉惡」章

提　要

　　今本《禮記・緇衣》第 11 章云：「子曰：有國者章善癉惡，以示民厚，則民情不貳。」《郭店楚墓竹簡》出，其中的〈緇衣〉同章作「子曰：有國者章好章惡，以視民厚，則民情不忒」，《上博一・緇衣》大體同《郭店》。學者多釋竹簡本的「章好章惡」為「章善章惡」，筆者以為應讀為「彰好（ㄏㄠˋ／hào）章惡（ㄨˋ／wù）」，並從（一）「章」字的早期詞義演變；（二）先秦至漢初「好惡」的文例；（三）〈緇衣〉篇好惡思想探討；（四）先秦至漢初「好惡」思想的演變等四個方面來加以論證。

　　關鍵字：章好章惡，章善癉惡，君王好惡思想。

一、問題的提出

　　一九九三年湖北省荊門市郭店一號楚墓出土了有字竹簡七三〇枚，其中有〈緇衣〉一篇，初步考釋見一九九八年出版的《郭店楚墓竹簡》。一九九四年，香港古玩市場又陸續出現了一批戰國楚系竹簡，上海博物館在本年底分兩次買進了這些大約一千七百枚的竹簡，其中也有〈緇衣〉篇，初步的考釋見於二〇〇一年出版的《上海博物館藏戰國楚竹書（一）》。

這兩篇竹簡本〈緇衣〉文字基本相同，和傳本〈緇衣〉則有些出入。這些出入，可以考見先秦到西漢經典流傳的一些文字板本問題，以及由此影響到的義理詮釋。由於相關的問題較多，本文打算從簡本與傳本有關「好惡」的章節談談相關的問題。

今本〈緇衣〉第 11 章云：

> 子曰：「有國者章善瘅惡，以示民厚，則民情不貳。《詩》云：『靖共爾位，好是正直。』」

鄭注：

> 章，明也；瘅，病也。

孔疏：

> 章，明也；瘅，病也。言為國者，有善以賞章明之，有惡則以刑瘅之也。

這樣解釋，好像沒有什麼問題。但是，簡本〈緇衣〉出來後，問題就出來了。在《郭店·緇衣》中，本章是這麼說的：

> 子曰：「又（有）䢷（國）者章（彰）好章（彰）惡，呂（以）視（示）民厚，則民青（情）不紞（貳）。」《寺（詩）》員（云）：「情（靖）共（恭）介（爾）立（位），好（好）是貞（正）植（直）。（《郭》簡 2-3）

《上博·緇衣》則說：

> 子曰：「又（有）匽（國）者章（彰）𢀢（好）章（彰）惡，呂（以）眠（示）民厚，則民情不弋（貳）。」《告（詩）》員（云）：「静（靖）龏（恭）介（爾）立（位），𢀢（好）是正植（直）。（《上》簡 1-2）

乍看之下，「章好章惡」等於「章善瘅惡」。《郭店·緇衣》注六說：

> 章好章亞（惡），今本為「章善瘅惡」。

劉信芳〈郭店楚簡緇衣解詁〉云：

> 章好章惡　今本作「章善瘅惡」，《釋文》「善」作「義」，宋監

本、岳本亦作「義」，石經初刻作「善」，剜刻作「義」，阮元《校勘記》云：「按義字是也。」信芳按：作「善」作「義」者皆非，有如竹簡本第一章「美」，漢儒改作「賢」。孔子所述，原本平易近人，故用「美」，用「好」，漢儒改「美」爲「賢」，改「好」爲「善」、爲「義」，用字雖典雅，然已使夫子之口頭語變成了書面語，似是而非矣。「章」者，明也，經典多用「彰」。《書·堯典》「平章百姓」註疏：「明也。」〔註1〕

劉說從傳統訓詁，以為今本改「好」為「善」，用字典雅，缺點僅是「口頭語變成了書面語」。涂宗流、劉祖信〈郭店楚簡《緇衣》通釋〉云：

　　章顯美善與邪惡，使之有所分定，使民知從善而遠惡，則民情所以樸實專一也。〔註2〕

劉釗《郭店楚簡校釋》云：

　　簡文說為上者彰顯善惡，示民以善惡之別，則民心不疑貳。

〔註3〕其意也以「好惡」為「善惡」。

以上這樣的解釋，可能還有商榷的餘地，因為「彰善」固然是名正言順，但是，「彰惡」總是和我們的語感相去較遠，「惡」怎麼可以「彰」呢？我們認為：「彰好彰惡」應該讀為「彰好（ㄏㄠˋ / hào）章惡（ㄨˋ / wù）」，不宜釋為「彰好（ㄏㄠˇ / hǎo）彰惡（ㄜˋ / è）」。最直接的詞例是：《禮記》中稱人的好壞不叫「好（ㄏㄠˇ / hǎo）惡（ㄜˋ / è）」〔註4〕，而叫「美惡」、「善惡」、「賢惡」、「賢不肖」。不過，只有這樣的例子，證據似乎薄弱了些。以下我們分別從（一）「章」字的早期詞義演變；（二）先秦至漢初「章」的文例；（三）〈緇衣〉篇「好惡」思想探討；（四）先秦至漢初「好惡」思想的演變等四個方面來探討。

〔註1〕《郭店楚簡國際學術研討會論文匯編》第2冊，1999年10月武漢大學；又見《郭店楚簡國際學術研討會論文集》，2000年5月，頁163～181。

〔註2〕《郭店楚簡國際學術研討會論文匯編》第2冊，1999年10月武漢大學；又見《郭店楚簡國際學術研討會論文集》，2000年5月，頁182～97。

〔註3〕劉釗《郭店楚簡校釋》，福州：福建人民出版社，2003年12月。

〔註4〕反面的例子極少，如《禮記·大學》「如惡惡（ㄜˋ）臭，如好好（ㄏㄠˇ）色」。

二、「章（彰）」字的早期詞義演變

「章」字，甲骨文未見，金文作「𩆠」（商，乙亥簋）、「𩆠」（周中，競卣）、「𩆠」（周晚，頌簋）〔註5〕，其構形本義，林義光以為本義是罪法：

> 本義當為法，从辛，辛、罪也，以⊖束之，法以約束有罪也。

〔註6〕

高鴻縉以為本義是彰明：

> 章，明也。从日、辛聲，日與辛穿合。……後世借為樂章、文章等意，乃叚借彰為之。〔註7〕

朱芳圃以為本義是光彩彰顯：

> 字象燃時光彩成環之形。《書・堯典》：「平章百姓。」鄭注：「章，明也。」《易・豐・六五》：「來章有慶。」虞注：「章，顯也。」《國語・周語》：「其飾彌章。」韋注：「章，著也。」是其義也。孳乳為彰，《說文・彡部》：「彰，文彰也。」〔註8〕

日人加藤常賢與林義光主張相近：

> 觀金文之字形，則明顯地乃辛之象形，與辛字異者，僅⊕之形而已。故此字無論如何當是从辛之字也。……此乃黥用之箴也，古代對於罪者固然，即於奴隸亦施以黥，以防其逃亡也，故辛亦用為罪之意。將𩆠字與𩆠字比較，則因╎寫作肥大形而漸漸寫作中之形者也。字音諸良切，然辛字音息鄰切，此一聲轉不外是自真部轉入陽部。……字義，用以傷奴隸及罪人之箴也。」〔註9〕

李孝定以為字形難解，但當為「璋」之象形：

> 金銘「章」字皆用為「璋」，疑𩆠、𩆠即璋瓚之象形，章明、章顯，皆由禮器一義所引申，而其字形又與後世禮家所說璋瓚之制不

〔註 5〕參《金文編》391 號。

〔註 6〕林義光《文源》。

〔註 7〕高鴻縉《中國字例》（臺北：廣文書局，1960 年），五篇，頁 92。

〔註 8〕朱芳圃《殷周文字釋叢》（北京：中華書局，1962 年），頁 20～21。

〔註 9〕日・加藤常賢《漢字之起源》，頁 546。引自《金文詁林補》第二冊（中研院史語所專刊之七十七，1982 年），頁 799，林潔明譯。

合，……是則其字形實難索解，當存以俟考。〔註10〕

詹鄞鑫以為「章」是取義於玉塊刻文：

> 歸納經典章字用例，可知章是古彰字，本義是玉色文彩，引申為色彩、明、顯等義。《大雅·棫樸》的「追琢其章，金玉其相」，《荀子·法行》的「珉之雕雕，不若玉之章章」，章字皆用其本義。從字形看，章字所从之辛是彫玉器的工具，⊕象圓形玉塊，刻有交文。其字正是「追琢其章」的圖解。章字字形與字義完全吻合，可證辛確是雕琢玉石的鑿具。〔註11〕

夏渌以為字從日從辛：

> 章為彰本字，訓明、訓著、訓顯，從日從辛，代表日光照耀新生枝葉，生氣蓬勃的景象。《玉篇》：「暲，明也，與章同。」《集韻》：「暲，日光上進也。」都可以作為「章」從日的旁證，「章」借為「樂章」、「文章」的引申義後，才造「暲」代表本義。〔註12〕

《金文形義通解》看法與林義光、加藤常賢也很相近：

> 字从「辛」，古施黥之刑具，从「⊕」，象人面上所刺之紋。「文」「章」二字相類，「文」為求美觀於人身或人面所刺之紋，「章」則為求志別於罪人面部所刺之紋，故古「文」、「章」連文。面部之「章」志其罪，據以罰，引申為賞罰之根據、章程。《左傳》襄公二十七年：「賞罰無章，何以沮勸？」「章」志其罪等。後世以文飾著於衣，以志等別，亦稱「文章」，《禮記·月令》：「黼黻文章，必以法故，無或差貸。」《左傳》隱公五年：「昭文章、明貴賤、辨等列、順少長。」「章」為標志其罪而刺之紋，故典籍訓明、訓著、訓別、訓表。〔註13〕

〔註10〕李孝定《金文詁林讀後記》卷三（臺北市：中央研究院歷史語言研究所，民71[1982]）。

〔註11〕詹鄞鑫〈釋辛及與辛有關的幾個字〉，《中國語文》1983年5期，頁369～374。

〔註12〕夏渌、于進海〈釋「對」及一組與農業有關的字〉，河南大學學報，1986年第2期。

〔註13〕金國泰、馬如森、孫凌安、張世超《金文形義通解》（京都：中文出版社，1996年），435號，頁529。

以上這麼多說法，大別可以分為兩類，一是光明彰顯，二是處罰罪犯。第二類過分拘泥於「辛/辛」的「罪」義，又很難找到文獻的佐證。第一類雖然還可以細分為好幾說，很難肯定那一說是對的，但結合文獻的用法來看，第一類意義應該是比較合理的。

三、先秦至漢初「章」的文例

在先秦文獻中，「章」是一個正面意義的詞，它所指涉的對象絕大部分都是正向的，如：

> 六三，含章可貞，或從王事，無成有終。(《周易·坤·六三》)

> 剛柔分動而明，雷電合而章。(《周易·噬嗑·象》)

> 天地相遇，品物咸章也。(《周易·垢·象》)

> 君子知微知彰，知柔知剛。(《周易·繫辭下》)

> 百穀用成，乂用明，俊民用章，家用平康。(《尚書·洪範》)

> 用罪，伐厥死；用德，彰厥善。(《尚書·盤庚》))

> 今天動威，以彰周公之德。(《尚書·金縢》)

> 其容不改，出言有章。(《詩經·小雅·都人士》)

> 追琢其章，金玉其相。勉勉我王，綱紀四方。(《詩經·大雅·棫樸》)

> 時，事之微也；衣，身之章也。(《左傳·閔公二年》)

> 動作有文，言語有章，以臨其下，謂之有威儀也。(《左傳·襄公三十一年》)

> 不自是，故彰；不自伐，故有功。(《老子》第二二章)

> 自見不明，自是不彰。(《老子》第二四章)

> 功之不立，名之不章。(《管子·權修第三》)

> 明名章實，則士死節。(《管子·幼官第八》)

> 章善，則過匿；任奸，則罪誅。(《商君書‧說民》)

> 名立而功成，美章而惡不生。(《墨子‧尚賢上第八》)

> 尊賢育才，以彰有德。(《孟子‧告子》)

> 為人臣者，聚帶劍之客、養必死之士以彰其威。(《韓非子‧八姦》)

以上這些文獻中，「章」的意義都是彰明、彰顯，其彰明的對象，都是正向的德行事物，未見有彰明負向的。有之，僅有兩件，而且是出現於《偽古文尚書》，不可採信：

> 天道福善禍淫，降災于夏，以彰厥罪。(《偽古文尚書‧湯誥》)

> 無辜籲天，穢德彰聞。(《偽古文尚書‧泰誓中》)

在時代較晚的東周文獻中，也有看起來似乎是比較寬的用法，如：

> 威不貸錯、制不共門，威制共則眾邪彰矣。(《韓非子‧有度》)

其意謂：國君的威不可以借給他人，制定規章制度的權力不可以和他人共有，「威制」和人共有，眾多的邪惡之人就會「發達顯赫」了。這種「章」的意義雖然變得比較寬，但是，因為它的文法作用和前者不同，所以二者並不是在同一個層面的詞。對於前者，我們的語譯是「彰顯 XX」，而後者的語譯則會作「ＸＸ變得顯赫了」。很明顯地，後面這種用法和我們要討論的「章好章惡」不同，因此不會影響到本文的觀點。

在來源時代比較有爭議的《禮記》中，大部分「章（彰）」字的用法也和西周文獻一樣，「章（彰）」的對象都是正向的：

> 君民者，章好以示民俗，慎惡以御民之淫。(《禮記‧緇衣》)

> 以聽天下之內治，以明章婦順。(《禮記‧昏義》)

> 水無當於五色，五色弗得不章。(《禮記‧學記》)

> 博厚配地，高明配天，悠久無疆，如此者，不見而章，不動而變，無為而成。(《禮記‧中庸》)

> 彰人之善而美人之功，以求下賢，是故君子雖自卑而民敬尊之。

（《禮記・表記》）

其例甚多。

比較中性的如《禮記・坊記》：「夫禮者，所以章疑別微，以為民坊者也。……章民之別，使民無嫌，以為民紀者也。」「章疑」就是「使有嫌疑的部分彰顯」，「嫌疑」是中性的事物。即使如此，「章（彰）」的對向仍然沒有負向的事物。

由此看來，簡本〈緇衣〉的「章好章惡」，如果依照今本〈緇衣〉解釋為「彰善彰惡（ㄜˋ）」，其實是不符合先秦「章（彰）」字的習慣用法的。但是，如果解為「彰好（ㄏㄠˋ）彰惡（ㄨˋ）」就可以了，因為「好善惡惡」是一種美好的行為，值得彰顯，合乎「章（彰）」字的傳統用法。

四、〈緇衣〉篇好惡思想探討

〈緇衣〉篇有關「好惡」的論述還有：

子曰：「上人悬（疑）則百眚賊（惑），下難智（知）則君倀（長）裘（勞）。古（故）君民者，章（彰）好以視（示）民念（欲），薫（謹）亞（惡）呂羿民淫（淫），則民不賊（惑）。臣事君，言其所不能，不訶（詞）其所能，則君不裘（勞）。」《大顯（雅）》員（云）：「上帝板郴（板板），下民卒擔（瘅）。」《少（小）顯（雅）》員（云）：「匪其止之共，【四】唯王恭（卬）。」（《郭》簡 5-8）

子曰：「上人悬（疑）則百眚（姓）惑，下難盉（知）則君長圐（勞）。故君民者章好以視民【三】谷（俗），勤（謹）惡呂（以）盧（禦）民淫，則民不惑；臣事君，言丌（其）所不能，不蔔（詒）丌（其）所能，則君不裘（勞）。」《大顯（雅）》員（云）：「上帝板郴（板板），下民卒瘅。」《小雅》員（云）：「匪其止共，【四】隹（惟）王之功（卬）▁。」（《上》簡 3-5）

子曰：「上人疑則百姓惑，下難知則君長勞，故君民者，章好以示民俗，慎惡以御民之淫，則民不惑矣。臣儀行，不重辭，不援其所不及，不煩其所不知，則君不勞矣。」《詩》云：「上帝板板，下民卒瘅。」《小雅》曰：「匪其止共，惟王之邛。」（今本 12 章）

今本《禮記·緇衣》鄭注:「《孝經》曰:『示之以好惡,而民知禁。』」這一小段話並沒有說得很清楚。陸德明《釋文》:「好,如字,又呼報反。注同。惡,如字,又烏路反。注同。」好,如字,意思是讀為「好壞」的「好」;呼報反,意思是讀為「愛好」的「好」。「惡」字的兩個讀音也分別對應「好壞」的「惡」和「厭惡」的「惡」。由此看來,陸德明之前,「好惡」已有「ㄏㄠˇ ㄜˋ」和「ㄏㄠˋ ㄨˋ」兩種讀音和解釋了。

同樣地,鄭注所引的《孝經》「示之以好惡,而民知禁」應該如何解,歷代也講得不很清楚,《孝經》唐玄宗注:「示好以引之,示惡以止之,則人知有禁令,不敢犯也。」其意應讀為「ㄏㄠˋ ㄨˋ」,因為如果讀成「示惡(ㄜˋ)以止之」,就有點不通了,先王不可能把自己的缺惡顯示出來。但是邢昺的疏卻是這麼說的:「示『有好必賞』之令以引喻之,使其慕而歸善也;示『有惡必罰』之禁以懲止之,使其懼而不為也。云『則人知有禁令,不敢犯也』者,謂人知好惡而不犯禁令也。」其意把「好惡」讀成「ㄏㄠˇ ㄜˋ」,看似未必不可;但是把「好惡」說成賞令、禁令,其實「增字解經」,恐不足取。

劉釗《郭店楚簡校釋》隸作「章好以視(示)民怠(欲),懂(謹)亞(惡)㠯弃(御)民㳬(淫)」,釋云:「統治人民的人彰顯自己的優點以指示人民欲望所向,謹防自己的缺點以控制人民的貪欲。」但是,自己的優缺點和人民的欲望所向恐怕很難有多麼密切的關係。

其次,〈緇衣〉篇還有另一章,也是談到「好惡」的,三個本子的原文如下:

子曰:「下之事上也,不從丌(其)所㠯(以)命,而從丌(其)所行。上好此物也,下必有甚安(焉)者矣。故上之好亞(惡),不可不訢(慎)也,民之纇(表)也。」《寺(詩)》員(云):「虞虞(赫赫)帀(師)尹,民具介(爾)贍(瞻)。」(《郭》簡14-16)

子曰:「下之事上也,不從丌(其)所㠯(以)命,而從丌(其)所行。上盱(好)此物也,下必有甚者矣。故上之盱(好)亞(惡),不可不訢(慎)也,民之纇(表)也。」《告(詩)》員(云):「虞虞(赫赫)帀(師)尹,民具介(爾)舊(甎/瞻)。」(《上》簡8-9)

子曰:「下之事上也,不從其所令,從其所行。上好是物,下

必有甚者矣，故上之所好惡，不可不慎也，是民之表也。」（今本
第4章）

這一章明白地說：「上好是物，下必有甚焉者。」因此絕大部分的注解家都把本
章的「好惡」讀成「ㄏㄠˋ　ㄨˋ」，沒有疑義。

五、先秦至漢初「好惡」思想的演變

為政者應謹慎「好惡（ㄏㄠˋ　ㄨˋ）」的思想，最早應該見於《尚書‧洪
範》，這是武王克殷之後，請教箕子的治國大法，其中有一段這麼說：

> 無偏無陂，遵王之義；無有作好，遵王之道；無有作惡，遵王之
> 路；無偏無黨，王道蕩蕩；無黨無偏，王道平平；無反無側，王道
> 正直。

偽孔傳：「言無有亂為私好惡，動必循先王之道。」陸德明《釋文》：「好，呼報
反；惡，烏路反。注同。」據此，《尚書》這一段話講的是執政者要遵循先王留
下來好的規矩，不要隨便有個人的好惡，「好惡」讀「ㄏㄠˋ　ㄨˋ」，沒有疑
問。這種思想，文獻中多見，而為儒家所繼承，如：

> 掌交：掌以節與幣巡邦國之諸侯，及其萬民之所聚者，道王之
> 德意志慮，使咸知王之好惡辟行之節。（《周禮‧秋官‧掌交》）

> 好惡不愆，民知所適，事無不濟。（《左傳‧昭公十五年》）

> 吾聞君之好好而惡惡，樂樂而安安，是以能有常。（《國語‧晉
> 語‧史蘇論驪姬必亂晉》）

> 御民之轡，在上之所貴。道民之門，在上之所先。召民之路，在
> 上之所好惡。故君求之，則臣得之。君嗜之，則臣食之。君好之，
> 則臣服之。君惡之，則臣匿之。毋蔽汝惡，毋異汝度，賢者將不汝
> 助。（《管子‧牧民》）

> 好惡形於心，百姓化於下，罰未行而民畏恐，賞未加而民勸勉，
> 誠信之所期也。（《管子‧立政》）

> 齊桓公問管子曰：「吾念有而勿失，得而勿忘，為之有道乎？」
> 對曰：「勿創勿作，時至而隨，毋以私好惡害公正，察民所惡以自為

戒。(《管子‧桓公問》)

制斷五刑,各當其名。罪人不怨,善人不驚曰刑正之,服之、勝之、飾之、必嚴其令,而民則之,曰政。如四時之不貣,如星辰之不變,如宵如畫,如陰如陽,如日月之明,曰法。愛之生之,養之成之,利民不德,天下親之,曰德。無德無怨,無好無惡,萬物崇一,陰陽同度,曰道。(《管子‧正第》。案:「無德無怨,無好無惡」,有道家的色彩。)

先之以敬讓,而民不爭,導之以禮樂,而民和睦,示之以好惡,而民知禁。(《孝經‧三才章》)

主要根據先秦儒家思想纂集而成的大、小戴《禮記》,對執政者的「好惡(ㄏ
ㄠˋ　ㄨˋ)」有更詳盡的闡發,如:

先王之制禮樂也,非以極口腹耳目之欲也,將以教民平好惡,而反人道之正也。人生而靜,天之性也,感於物而動,性之欲也,物至知知,然後好惡形焉,好惡無節於內,知誘於外,不能反躬,天理滅矣,夫物之感人無窮,而人之好惡無節,則是物至而人化物也,人化物也者,滅天理而窮人欲者也,於是有悖逆詐偽之心,有淫泆作亂之事,是故強者脅弱,眾者暴寡,知者詐愚,勇者苦怯,疾病不養,老幼孤獨不得其所,此大亂之道也。(《禮記‧樂記》)

好惡著則賢不肖別矣,刑禁暴,爵舉賢,則政均矣。(《禮記‧樂記》)

為人君者,謹其所好惡而已矣,君好之,則臣為之,上行之,則民從之。(《禮記‧樂記》)

同其好惡,所以勸親親也,官盛任使,所以勸大臣也,忠信重祿,所以勸士也,時使薄斂,所以勸百姓也。(《禮記‧中庸》)

民之所好好之,民之所惡惡之,此之謂民之父母。(《禮記‧大學》)

好人之所惡,惡人之所好,是謂拂人之性,菑必逮夫身。(《禮記‧大學》)

哀公曰:「善!敢問:何如可謂賢人矣?」孔子對曰:「所謂賢
人者,好惡與民同情,取舍與民同統;行中矩繩,而不傷於本;言
足法於天下,而不害於其身;躬為匹夫而願富貴,為諸侯而無財。
如此,則可謂賢人矣。(《大戴禮記·哀公問》)

綜觀以上的「好惡」思想,大約可以有以下幾個重點:

一、君上不可有個人的好惡,要遵守先王之道。

二、人類感於物而動,因而有好惡,好惡必需有節。

三、君上的好惡要讓人民知道,人民才知道怎樣趨善避刑。

四、君上要好民之所好、惡民之所惡。

同樣承襲《尚書》「遵王之義」的好惡傳統,法家則向著另外一個「重術」
的方向發展,認為君王的好惡不要讓臣下知道,這樣臣下才不會揣摩上意,甚
至於欺騙君上;人民的好惡不全然是好的,不可以全盤照顧,那樣反而會害了
人民。如:

人情而有好惡;故民可治也。人君不可以不審好惡;好惡者,
賞罰之本也。(《商君書·錯法》)

今世之所謂義者,將立民之所好,而廢其所惡;此其所謂不義
者,將立民之所惡,而廢其所樂也。二者名貿實易,不可不察也。
立民之所樂,則民傷其所惡;立民之所惡,則民安其所樂。何以知
其然也?夫民憂則思,思則出度;樂則淫,淫則生佚。故以刑治則
民威,民威則無姦,無姦則民安其所樂。以義教則民縱,民縱則亂,
亂則民傷其所惡。吾所謂刑者,義之本也;而世所謂義者,暴之道
也。夫正民者:以其所惡,必終其所好;以其所好,必敗其所惡。
(《商君書·開塞》)

君無見其所欲,君見其所欲,臣自將雕琢;君無見其意,君見
其意,臣將自表異。故曰:去好去惡,臣乃見素,去舊去智,臣乃
自備。故有智而不以慮,使萬物知其處;有行而不以賢,觀臣下之
所因;有勇而不以怒,使群臣盡其武。是故去智而有明,去賢而有
功,去勇而有強。群臣守職,百官有常,因能而使之,是謂習常。
(《韓非·主道》)

> 人主有二患：任賢，則臣將乘於賢以劫其君；妄舉，則事沮不勝。故人主好賢，則群臣飾行以要君欲，則是群臣之情不效；群臣之情不效，則人主無以異其臣矣。故越王好勇，而民多輕死；楚靈王好細腰，而國中多餓人；齊桓公妬而好內，故豎刁自宮以治內，桓公好味，易牙蒸其子首而進之；燕子噲好賢，故子之明不受國。故君見惡則群臣匿端，君見好則群臣誣能。人主欲見，則群臣之情態得其資矣。故子之託於賢以奪其君者也，豎刁、易牙因君之欲以侵其君者也，其卒子噲以亂死，桓公蟲流出戶而不葬。此其故何也？人君以情借臣之患也。人臣之情非必能愛其君也，為重利之故也。今人主不掩其情，不匿其端，而使人臣有緣以侵其主，則群臣為子之、田常不難矣。故曰：去好去惡，群臣見素。群臣見素，則大君不蔽矣。(《韓非·二柄》)

> 好惡者，上之所制也，民者好利祿而惡刑罰。上掌好惡以御民力，事實不宜失矣，然而禁輕事失者，刑賞失也。(《韓非·制分》)

其它形成於戰國時期的典籍，闡述類似儒家好惡思想的還有：

> 兵入於敵之境，則民知所庇矣，黔首知不死矣。至於國邑之郊，不虐五穀，不掘墳墓，不伐樹木，不燒積聚，不焚室屋，不取六畜。得民虜奉而題歸之，以彰好惡；信與民期，以奪敵資。若此而猶有憂恨冒疾遂過不聽者，雖行武焉亦可矣。(《呂氏春秋·懷寵》)

> 太公曰：天下非一人之天下，乃天下之天下也。同天下之利者則得天下，擅天下之利者則失天下。天有時，地有財，能與人共之者仁也。仁之所在，天下歸之。與人同憂同樂，同好同惡，義也。義之所在，天下赴之。凡人惡死而樂生，好德而歸利，能生利者道也，道之所在，天下歸之。(《六韜·文韜·文師》)

> 聖王在上，明好惡以示人，經非譽以導之，親而進之，賤不肖而退之，刑錯而不用，禮義修而任賢德也。(《文子·上禮》)

漢初，表面上採用儒家思想，但骨子裡很多做法其是是偏向法家，因此典籍中表現的「好惡」思想二者兼備。完全繼承儒家的一派，如：

君子脩身及孝，則民不倍矣。敬孝達乎下，則民知慈愛矣。好
惡喻乎百姓，則下應其上，如影響矣。（《韓詩外傳》卷五）

聖王在上，明好惡以示之，經誹譽以導之，親賢而進之，賤不
肖而退之，無被創流血之苦，而有高世尊顯之名，民孰不從？（《淮
南子·泰族》）

陽儒陰法的一派，如：

明好惡則民心化，密事端則人主神。（賈誼《新書·道術》）

「明好惡則民心化」，這是儒家的政治思想；「密事端則人主神」，則是法家的重
術思想。漢初與民休息，武帝獨尊儒術，背後其實都是用法家在支撐。《漢書·
本紀·元帝紀第九》云：

孝元皇帝，宣帝太子也，母曰共哀許皇后。宣帝微時生民間，
年二歲，宣帝即位，八歲，立為太子。壯大，柔仁好儒，見宣帝所
用多文法吏，以刑名繩下，大臣楊惲、蓋寬饒等坐刺譏辭語為罪而
誅，嘗侍燕從容言：「陛下持刑太深，宜用儒生。」宣帝作色曰：「漢
家自有制度，本以霸王道雜之，奈何純任德教，用周政乎！且俗儒
不達時宜，好是古非今，使人眩於名實，不知所守，何足委任！」
乃歎曰：「亂我家者，太子也！」繇是疏太子而愛淮陽王。

「漢家自有制度，本以霸王道雜之，奈何純任德教，用周政乎！」，這是漢初
以來的政治實況，雖出自宣帝之口，其實際應起源則甚早，簡本〈緇衣〉「章
好章惡」的思想，到了漢初，恐已不合當時的政治思潮了，因此德治意味較
重的「章好章惡」被改造成法治意味較重的「章善癉惡」，應該是非常自然合
理的。先秦典籍到了漢初，因為文化、思想背景的轉變，導致文本也有相當
程度的改動，現在看來竟是相當普遍的現象。我們曾經探討過的《郭店·老
子甲》的「絕為棄作，民復季子」變成今本《老子》的「絕仁棄義，民復孝
慈」[註14]，《上博（二）·民之父母》的「五至」由簡本的「物、志、禮、樂、
哀」，變成今本《禮記·孔子閒居》的「志、詩、禮、樂、哀」[註15]，都是

〔註14〕季旭昇〈讀郭店楚墓竹簡札記：卜、絕為棄作、民復季子〉，《中國文字》新廿四期，
　　　　1998 年 12 月。
〔註15〕季旭昇〈上博二小議（二）：《民之父母》「五至」解〉，簡帛研究網站 2003 年 3 月

類似的情況。現在，由於簡本〈緇衣〉的出現，我們釐清了「章好章惡」的意義，及先秦至漢初政治思想中關於「君上好惡」的演變，這對於先秦至漢初典籍流傳和政治思想的的探討，應該都有一定的意義吧！

後記：本文對「章好章惡」的解釋，是 2003 年我在進行《上海博物館藏戰國楚竹書（一）讀本》編纂討論時的意見，結論已簡單地寫在《上海博物館藏戰國楚竹書（一）讀本》中，現在把詳細的論證過程寫出來。《讀本》編纂完成後，我買到去年剛出版、由池田知久編的《郭店楚簡儒教研究》〔註16〕，看到其中由近藤浩之、曹峰、芳賀良信、廣瀨薰雄、李承律、渡邊大合撰的〈緇衣譯注〉也主張「章好章惡」應讀為彰顯好惡（ㄏㄠˋ　ㄨˋ），與鄙見不謀而合。為免掠美之嫌，特此聲明。不過，〈緇衣譯注〉與《上博一讀本‧緇衣》所談到的都很簡略，還有很多沒有探討的部分，因此本文仍然有其深究的價值。

本文原發表於台灣師範大學國文系主辦「第二屆國際儒道學術研討會」，2004 年 11 月 6～7 日。

---

19 日首發；後收入〈《上博二‧民之父母》四論〉，香港中文大學中國語言及文學系主辦「第四屆中國古文字學國際研討會」論文集，2003 年 10 月 15～17 日。

〔註16〕池田知久編《郭店楚簡儒教研究》，東京都：汲古書院，平成十五年（2003 年）。

《上博二・民之父母》四論

　　《上海博物館藏戰國楚竹書（二）》〔註1〕（以下簡稱《上博二》）面世之後，一如第一冊的盛況，立即引起學術界的高度重視，相關論文大量湧現，而《上博二》也確實帶給學術界很多新材料，新看法。本文想對《上博二》第一篇〈民之父母〉提出一些不成熟的想法。為了方便讀者，我們先把原簡的文字按照我們的看法隸定寫在下面（簡號用【】符號標在每簡的最後，外加□的文字表示是依據相關條件所加的補字）：

　　子昬（夏）聞（問）於孔子：「詩（？）曰：『幾（凱）俤（悌）君子，民之父母。』敢聞（問）可（何）女（如）而可胃（謂）民之父母？」孔＝（孔子）旹（答）曰：「民【一】之父母虎（乎），必達於豐（禮）樂之篕（源），吕（以）至『五至』、吕（以）行『三亡（無）』，吕皇于天下。四方又（有）敗，必先智（知）之，元（其）【二】 可 胃（謂）民之父母矣。」

　　子昬（夏）曰：「敢聞（問）可（何）胃（謂）『五至』？」孔＝（孔子）曰：「『五至』虎（乎），勿（物）之所至者，志亦至安（焉）；志之【三】 所 至者，豐（禮）亦至安（焉）；豐（禮）之所至者，樂亦至安（焉）；樂之所至者，慜（哀）亦至安（焉）。慜（哀）樂相生，君子【四】吕（以）正，此之胃（謂）『五至』。」

〔註1〕《上海博物館藏戰國楚竹書（二）》，上海：上海古籍出版社出版發行，2002年12月第一版。

　　子昆（夏）曰：「『五至』既聞之矣，敢聞（問）可（何）胃（謂）『三亡（無）』？」孔=（孔子）曰：「『三亡（無）』虎（乎），亡（無）聖（聲）之樂、亡（無）膿（體）【五】之豊（禮）、亡（無）備（服）之喪。君子吕（以）此皇于天下，奚（傾）耳而聖（聽）之，不可㝵（得）而聞也；明目而視之，不可【六】㝵（得）而視也，而㝵（得）既塞於四㳄（海）矣，此之胃（謂）『三亡（無）』」。子昆（夏）曰：「亡（無）聖（聲）之樂、亡（無）膿（體）之豊（禮）、亡（無）備（服）之喪，可（何）志【七】是迵（邇）？」孔=（孔子）曰：「善才（哉）！商也，牺（將）可孝（教）㫭（詩）矣，『城（成）王不敢康，迠（夙）夜晋（基）命又（宥）窗（密）』，亡（無）聖（聲）之樂；『禝（威）我（儀）巳=（遲遲），【八】不可選也』，無體之禮；『凡民有喪，匍匐救之』，無服之喪也。」

　　子昆（夏）曰：「丌（其）才（在）誃（語）也，敗（美）矣！厷（宏）矣！大矣！聿（盡）【九】於此而已乎？孔=（孔子）曰：「猶有五起焉。」子昆（夏）曰：「所謂五起，可㝵（得）而聞异（歟）？」孔=（孔子）　（曰）：「亡（無）聖（聲）之樂，熨（氣）志不意（違）；【十】亡（無）膿（體）之豊（禮），禝（威）我（儀）巳=（遲遲）；亡（無）備（服）之喪，內虔（恕？）　（異？）悲。亡（無）聖（聲）之樂，塞于四方；亡（無）膿（體）之豊（禮），日逑月相；亡（無）備（服）之【十一】喪，屯（純）㝵（得）同明。亡（無）聖（聲）之樂，它（施）汲（及）孫=（孫子）；亡（無）膿（體）之豊（禮），塞于四㳄（海）；亡（無）備（服）之喪，為民父母。亡（無）聖（聲）之樂，熨（氣）【十二】志既㝵（得）；亡（無）膿（體）之豊（禮），禝（威）我（儀）異=（翼翼）；亡（無）備（服）之喪，它（施）汲（及）四國。亡（無）聖（聲）之樂，熨（氣）志既從；亡（無）膿（體）之豊（禮），上下禾（和）同；亡（無）備（服）【十三】之喪，吕（以）畜萬邦。」

一、《上博二》「五至」可以正《禮記》、《孔子家語》之誤

　　《上博二・民之父母》簡3-5：（以下不需要討論的隸定用寬式）

　　　　子夏曰：「敢問何謂『五至』？」孔子曰：「『五至』乎，勿之所至者，志亦至焉；志之所至者，禮亦至焉；禮之所至者，樂亦至焉；樂之所至者，哀亦至焉。哀樂相生，君子以正，此之謂『五至』。」

同樣內容見於傳世文獻中的《禮記・孔子閒居》：

> 子夏曰：「『民之父母』既得而聞之矣，敢問何謂『五至』？」孔
> 子曰：「志之所至，詩亦至焉；詩之所至，禮亦至焉；禮之所至，樂
> 亦至焉；樂之所至，哀亦至焉。哀樂相生。」

又見於《孔子家語・論禮》：

> 子夏曰：「敢問何謂『五至』？」孔子曰：「志之所至，詩亦至
> 焉；詩之所至，禮亦至焉；禮之所至，樂亦至焉；樂之所至，哀亦
> 至焉。詩禮相成，哀樂相生。」

相較之下，文字出入不大，可能由於《禮記・孔子閒居》和《孔子家語・
論禮》的「五至」的文字幾乎一樣，所以大家很容易地會認為《上博二》簡文
有錯字，原考釋者濮茅左先生在 159 頁便說：

> 「勿」疑「志」之誤寫，但「勿」讀作「物」，似亦通。「志」，
> 恩意。《說文・心部》：「志，意也。從心，之聲。」《釋名・釋典藝》：
> 「詩之也志之所之也。」（旭昇案：本句應斷句作「詩，之也，志之
> 所之也」。）「志亦至」之「志」讀為「詩」。以「志」為先導，貫串
> 「五至」之精神。《禮記・孔子閒居》鄭玄注：「凡言至者，至於民
> 也。志，謂恩意也。言君恩意至於民，則其詩亦至也。詩，謂好惡
> 之情也。」孔穎達疏：「經子夏問『五至』之事，孔子為說『五至』
> 之理。『志之所至，詩亦至焉』者，『志』謂君之恩意之至，『所至』
> 謂恩意至極於民，詩者，歌詠歡樂也。君之恩意既至於民，故詩之
> 歡樂，亦至極於民。」而民樂歌頌，也是本句的基本語意。『勿（志）
> 之所至者，志（詩）亦至』的核心思想與《上海博物館藏戰國楚竹
> 書（一）・孔子詩論》首簡「詩亡（無）隱（離）志」（第一簡）是相
> 一致的。

看得出濮先生受到傳世文獻及注疏的影響很深，所以他雖然在考釋一開始
對「勿」字提出兩說：「『勿』疑『志』之誤寫，但『勿』讀作『物』，似亦通。」
但在接下來的考釋，以及其它敘述中，他事實上用的只是第一說。在上面所引
濮先生的考釋的後半，濮先生引簡文時甚至於直接寫作「勿（志）之所至者，
志（詩）亦至」，也就是說，濮先生已經認為第一句中的「勿」是「志」的誤寫，

第二句中的「志」是「詩」的或體。

由於受到這樣的影響，所以學者們討論「五至」便會直接引用改動後的文句，思考問題也會從改動後的句子去探索。我以為，這其實不是〈民之父母〉的原意。

對照《上博二·民之父母》，我們可以肯定：今本《禮記·孔子閒居》、《孔子家語·論禮》「五至」的句子其實是有問題的，但是，這樣有問題的句子應該是漢代就已經形成了。漢儒以下都是從這樣有問題的句子去推闡，因此產生了很多問題，歷來始終沒有辦法解決。

《禮記·孔子閒居》「五至」下鄭玄注云：

> 凡言至者，至於民也。志，謂恩意也，言君恩意至於民，則其詩
> 亦至也。詩謂好惡之情也，自此以下皆謂民之父母者善推其所有以
> 與民共之耳。

由鄭注可以看得出，至少在鄭玄當時所看到〈孔子閒居〉的文字肯定是「志之所至者，詩亦至焉；詩之所至者，禮亦至焉」，和〈民之父母〉的文字不同。但是，把「志」說成「恩意」，還勉強可以讓人接受；但是「詩」說成「好惡之情」，就實在是太勉強了。孔穎達承之說：

> 君子之恩意既至於民，故詩之歡樂亦至極於民；既能歡樂至極
> 於民，則以禮接下，故禮亦至極於民；既禮能至極於民，必為民之
> 所樂，故樂亦至極於民焉；君既與民同其歡樂，若民有禍，則能悲
> 哀憂恤至極於下，故哀亦至焉。

> 己欲恩愛，民亦欲恩愛；己有好惡，民亦有好惡；己欲禮樂，民
> 亦欲禮樂；己欲哀恤，民亦欲哀恤，是推己所有，與民共之也。

除了承襲自鄭注的問題外，照孔疏前段的意思，五至之間並沒有相承的必然性。「志之所至」之後，為什麼一定是「詩亦至焉」呢？「詩之所至」之後為什麼一定是「禮之所至焉」呢？照孔疏後段推闡鄭注的意思，五至完全是「推己及人」的功夫，問題是古代「禮不下庶人」，民之父母不可能「己欲禮樂，民亦欲禮樂」。而且孔疏第一段第三至的「樂」讀為「哀樂」義；第二段第三至的「樂」卻讀為「禮樂」義，二者顯然互為矛盾。

清代姚際恆曾經很犀利地指出〈孔子閒居〉「五至」的問題（以下有注明頁

碼的文字，係引自一九九二年明文出版社出版、杭世駿著的《續禮記集說》）：

> 《書》曰：「詩言志。」故曰：「志之所至，詩亦至焉。」則「志」
> 即在「詩」內，不得分為二至。且章首是言民之父母，則五至皆謂
> 至於民也。至「志」於「詩」，何與於民？其不得以「志」為第一
> 至，審矣！鄭氏以其不可通，故曰：「凡言至者，至于民也。志謂
> 恩意也。言君恩意至於民，則其詩亦至也。」以「志」為恩意，曲
> 解顯然，即作者之意，亦豈嘗如是？或「樂亦至焉」之「樂」音岳，
> 「樂之所至」之「樂」音洛，欲取哀至之義，忽以樂（岳）字脫換
> 作樂（洛）字，甚奇！（注與疏以三「樂」字皆音洛，則禮樂不相
> 接。陳氏《集說》上二「樂」字皆音岳，則樂哀又不相接也。）《詩》、
> 《禮》、《樂》屬經，哀屬人情，又何得並《詩》、《禮》、《樂》為一
> 至乎？至於哀樂相生，又別一義，竟與〈民之父母〉章全不照顧矣！
> 「視之不見」、「聽之不聞」，本《老子》「希夷」之說；「志氣塞乎
> 天地」襲《孟子》「其為氣也，則塞乎天地之間」，然氣可言塞，志
> 不可塞也！（4868-9 頁）

姚際恆是民初以來疑古學派大力推崇的疑古大將，他的批判確實指出了
《孔子閒居》「五至」說的很多問題。如果這些問題解決不了，那難免會讓人
懷疑〈孔子閒居〉是漢儒雜湊的東西。清代的陸奎勳就很明白地說：「五至、
三無、五起，以數命名，此係漢儒積習，疑非孔子本文。」（4869 頁）

對於「志」、「詩、禮、樂」「哀」不能相承的問題，明代姚舜牧說：

> 五至雖有次弟，而總由一志來。此志一至四者，自無不至，故
> 云「志氣塞乎天地」。子民之心誠懇切到，心目之間自然，故隱秘
> 而不得，便是詩至；有是心目之圖，自然有許多經綸料理出來，便
> 是禮至；有是經綸料理，自然欣喜從事而不為疲，便是樂至；樂此
> 而不為疲，則視民如傷，唯恐或阽於危亡也，將戚然而不自寧，便
> 是哀至。（4867-8 頁）

以「志」統下四者，當然是說得通的，前引濮茅左先生的考釋「以『志』
為先導，貫串『五至』之精神」，便是繼承了這樣的解釋。無奈〈孔子閒居〉的
文字明明白白地是一個承接一個，不得屈解為以「志」統帥其餘四者。

姜兆錫對「五至」的解釋，似乎比較圓融：

> 在心為志，發言即為詩，故志至詩亦至；興於詩而履之，即禮
> 也，故詩至禮亦至；立於禮而樂之，即樂也，故禮至樂亦至；而樂
> 之中節者，其於哀也可知矣，故樂至哀亦至。而詩禮、哀樂乃相成
> 相生而不已也。

這樣說五至，其銜接稍為合理些了（雖然從詩至到禮至還很勉強），但是，我們看不出這樣的「五至」，和「民之父母」有什麼必然的關係？依這樣的敘述，所有的德行，其實都可以用得上，這樣的「五至」似乎太空泛了！

王夫之《禮記章句》的闡釋在義理上更為精微：

> 人君以四海萬民為一體，經綸密運，邇不泄、遠不忘，志之至
> 也。乃於其所志之中，道全德備、通乎情理而咸盡，故自其得好惡
> 之正者，則至乎詩矣！自其盡節文之宜者，則至乎禮矣！自其調萬
> 物之和者，則至乎樂矣！自其極惻怛之隱者，則至乎哀矣！凡此四
> 者之德，並行互致、交攝於所志之中，無不盡善，凡先王敦詩、陳
> 禮、作樂、飾哀之大用，傳為至教者，其事雖賾，而大本所由、和
> 同敦化者，皆自此而出。……

> 蓋志之所至者，盡心者也。盡心則盡性，故情有異用，而所性
> 之德含容周備，此天德王道之樞，大本之所自立，而達道由之以行
> 者也。存於中而未發，固不可得而見聞矣！乃函之為志，而御氣以
> 周乎群動天地之閒，物之所宜、事之所成，經綸盡變而不遺，則與
> 父母於子、存注周密而使各得其所之道同。抑所謂「能盡其性，則
> 能盡物之性」者也。

王夫之的闡釋精微則精微矣，但是又回到第一至能否統攝後四至的問題來了。王夫之說：「此四者之德，交攝於所志之中。」顯然採取的是第一至統攝後四至，這麼一來，五至的相承性又被破壞了。所以要五至相承，義理就會扞格；要義理圓融，五至就很難相承。這個難題，確實不好解決。

《上博二‧民之父母》問世，為這個問題帶來了契機。原來《禮記‧孔子閒居》、《孔子家語‧論禮》的文字則是有問題的。《上博二》原簡的「五至」是「物──志──禮──樂──哀」，而《禮記‧孔子閒居》及《孔子家語‧論禮》

的「五至」是「志──詩──禮──樂──哀」，這兩組「五至」用字不同。我認為《民之父母》的文字是對的，而《禮記・孔子閒居》、《孔子家語・論禮》的文字則是有問題的。

《上博二・民之父母》「五至」的第一至「勿」，應讀為「物」，這在《郭店》、《上博》的簡文中是很常見的。「物」者，最寬的定義是「我」以外的萬事萬物（《郭店・性自命出》簡 12：「凡見者之謂物。」「物至」指徹底瞭解天地萬物之理、當然包括人民之所欲，「志」（心之所之為志，這裡指執政者的心之所之）也要跟著知道；完全了解天地萬物之理及人民的好惡之情就是「志至」，《孟子・離婁下》：「舜明於庶物，察於人倫。」與本簡所說相近。能完全了解天地萬物之理及人民的好惡之情，就能制定各種政策、規定來導正人民，使之趨吉避凶、各遂所生，這就是「禮至」。禮是外在的規範，要以樂來調和，才能恭敬和樂，《禮記・文王世子》說：「樂所以脩內也，禮所以脩外也。禮樂交錯於中，發形於外，是故其成也懌，恭敬而溫文。」這就是「樂至」（「樂」音岳）。音樂能夠傳達人民最直接的情感，人民苦多樂少，要由此了解他們心中的哀痛，這就是「哀至」。古代採詩以觀民風，若得其情，則哀矜而勿喜，這就是鄭注說的「凡言至者至於民也」。能「至」於民，當然就能成為「民之父母」了。音樂不只能表現心中的哀痛，也能表達心中的歡愉，所以又補一句「哀樂相生」。

進一步說，「五至」既得而聞之矣，這是落在比較具體的層面，境界還小，擴而充之就是「三亡（無）」。「無聲之樂、無體之禮、無服之喪」是從比較狹窄的層面擴為無限的層面，只要把握住樂、禮、喪的精神，這就是「皇（橫）於天下」，其結果當然能做到「四方有敗，必先知之」，把一切問題順利解決，這不就是理想的「民之父母」嗎！

依照這樣解釋，五至環環相扣，銜接性很夠；而由萬事萬物、民之所欲的了解，到禮樂的建立、哀樂的關懷，件件都是「民之父母」所應該留意的，與簡首的「必達禮樂（注意！不包含詩）之源」，也相合無間。

由此看來，〈民之父母〉本來是很素樸的政治理論，具體可行，並沒有後世學者說的那麼玄。而後世學者會說得那麼玄，原因是今本《禮記・孔子閒居》、《孔子家語・論禮》把「五至」中第一至的「勿」錯成了「志」、接著又把第二至的「志」錯成了「詩」，於是二千餘年來遂成了一段難解的公案。最嚴重的則

導致學者懷疑《禮記·孔子閒居》、《孔子家語·論禮》是漢儒雜湊的作品。

古代經典的訛誤，往往可以找得出致誤之由，最常見的可能之一是時代風氣所造成的自然改變。這就像漢以「孝」治天下，所以《老子》的「民復季子」會變成「民復孝慈」（《郭店·老子甲》簡1），這樣的改變，合乎時代潮流了，但卻與經典本身的體系產生了一些扞格。同樣的，〈民之父母〉的「勿之所至者，志亦至焉；志之所至者，禮亦至焉」會變成《禮記·孔子閒居》、《孔子家語·論禮》的「志之所至，詩亦至焉；詩之所至，禮亦至焉」，我認為可能跟漢初獨尊儒術，立五經博士有關。五經變成讀書人耳熟能詳的一個觀念，於是把「志禮樂」自然地就轉變成「詩禮樂」了。

這些字有一個共同的標幟：它們都以「之」為聲符，而「志」字也從「之」聲，因此「志」字有可能訛成「詩」，當然，這樣的改變，除了受到第三、四至是「禮樂」的影響外，簡文接著還有「商，將可教（學）詩（從口）矣」，可能也會加強「志」向「詩」的改造。

《上博二·民之父母》簡7-8說「無聲之樂、無體之禮、無服之喪，何志是邇？」簡中的「志」字有可能讀成「詩」，不過比較可能還是讀「志」，釋為「書籍記載」，因為簡八此句下孔子緊接著說：「善哉！商也，牆（將）可孝（教）《旹（詩）》矣。」接著就引《詩》為證。「詩」字作「旹」，顯見得其上句的「志」字不應讀為「詩」。「何志是邇」的「邇」字在《禮記·孔子閒居》、《孔子家語·論禮》都作「詩」，應該是受了前面「詩之所至，禮亦至焉」等句，以及下文引《詩》為證等敘述的影響而訛的。再說，戰國楚簡中「詩」字有很多種不同的寫法。「詩」、「寺」（《郭店·緇衣》簡3）、「旹」（《郭店·性自命出》簡12）、「㫹」（《郭店·六德》簡24）等。但是，到目前為止，我們還沒有看到把「志」字當「詩」字用的例子。

「志」既訛為「詩」，「詩言志」也是漢儒耳熟能詳的觀念，於是第一至的「勿」也就由第二至的「志」取代了。

二、「三無」與道家思想無關

《上博二·民之父母》簡5-7：

> 子夏曰：「『五至』既聞之矣，敢問何謂『三亡（無）』？」孔子
> 曰：「『三亡（無）』乎，無聲之樂、無體之禮、無服之喪。君子以此

皇于天下，奚（傾）耳而聽之，不可得而聞也；明目而視之，不可

得而視也，而叟（得）既塞於四海矣，此之謂『三亡（無）』」。

三亡，即三無，是指「無聲之樂、無體之禮、無服之喪」，是指沒有旋律歌唱的音樂、沒有肢體揖讓的禮儀、沒有親等服制的喪禮。禮樂都是治理天下的工具，《禮記‧樂記》說：「樂由中出，禮自外作。樂由中出故靜，禮自外作故文。大樂必易，大禮必簡，樂至則無怨，禮至則不爭，揖讓而治天下者，禮樂之謂也。暴民不作，諸侯賓服，兵革不試，五刑不用，百姓無患，天子不怒，如此則樂達矣；合父子之親，明長幼之序，以敬四海之內，天子如此，則禮行矣。」禮、樂的功用就是這些，它們不一定要用禮、樂的形式才能達成。同樣的，喪也是這樣。所以簡文接著說：

子夏曰：「無聲之樂、無體之禮、無服之喪，何志是邇？」孔子曰：「善哉！商也，將可教詩矣，『成王不敢康，夙夜基命宥密』，無聲之樂；『威儀遲遲，不可選也』，無體之禮；『凡民有喪，匍匐救之』，無服之喪也。」

「成王不敢康，夙夜基宥密」，意思是「成王不敢安逸，夙夜經營天命，寬和又慎密」，這就能達到「樂」的功能了。「威儀遲遲，不可選也」，意思是「我的威儀盛富而嫻雅，多得無法計算」，這就達到「禮」的功能了。「凡民有喪，匍匐救之」，意思是「所有鄰人有災難，我都會儘全力去救助」，這不就到「喪」的功能了嗎！

這是儒家把某些德行擴大、提昇的一種詮釋。《孟子‧公孫丑上》說：「凡有四端於我者，知皆擴而充之矣，若火之始然，泉之始達。苟能充之，足以保四海；苟不充之，不足以事父母。」最典型的擴充如《禮記‧祭義》：「曾子曰：『身也者，父母之遺體也。行父母之遺體，敢不敬乎！居處不莊，非孝也；事君不忠，非孝也；涖官不敬，非孝也；朋友不信，非孝也；戰陳無勇，非孝也。』」把「孝」的範圍擴大到「莊」、「忠」、「敬」、「信」、「勇」，因為這五者的功能和「孝」的終極目標是一致的。

「擴而充之」的方式，一不小心就會被誤認為和道家有關。清人姚際恆說：

此篇三無五起，皆本《老子》貴無賤有之旨，如所謂「常無欲以觀其妙」、「無狀之狀」、「無物之象」、「萬物生於有，有生於無」之

類是也。其云「無聲之樂」、「無體之禮」，與孔子「禮云禮云」一節，有毫釐千里之別。孔子所言，欲人知禮樂之本，故用反語詰問，使人深思而自得之，並未嘗有去玉帛鐘鼓為禮樂之意也。此（旭昇案：指〈孔子閒居〉）則高揭「無」字以示其至精無上，與《老子》以禮樂為亂首，《莊子》以聖人為屈折禮樂、及性情不離安用禮樂諸說相同，皆是有體無用，歸於二氏之學而已矣。又《老子》謂五色令人目盲、五音令人耳聾、五味令人口爽、聖人為腹不為目，此云「無聲之樂，日聞四方」，則有聲之樂自令人耳聾矣。正對照畢肖處也。至於釋氏之學，較老氏更深一層，然此處大意亦有相近者。釋氏滅六根，無色聲香味觸法，此云「無聲」，即滅耳根之意，「無體」即滅身根之意，唐相國杜鴻漸問無住禪師：「鴉（鴉）鳴，師聞否？」曰：「聞。」曰：「鴉（鴉）去無聲，何云聞？」曰：「聞無有聞，非關聞性。聞性不隨聲生，不隨聲滅。」亦是此「無聲」之證。嗟乎！無父無君，比於禽獸，何？莫非此「無」之一字之害乎！垂之《禮記》，世習為經，可感也夫！〔註2〕

今人龐樸先生〈再說五至三無〉也說：

> 我們看到的是，三無所謂的無聲之樂、無體之禮、無服之喪，在思路上，與道家所謂的「大音希聲」（《老子》）、「至禮有不人」（《莊子‧庚桑楚》）之類，確實同出一轍；都是透過現象來抓住本質，拋棄相對去擁抱絕對，突破俗習而訴諸真情的。因而其所謂的三無，便不是說樂不需有聲，禮不得有體，喪不能有服；而是說此聲、此體、此服，都不過是些現象上的有，是暫存的，相對的，有待超越的。樂聲再響，能繞梁三日，也終有盡時；禮儀雖盛，呈文章七彩，亦難得永存。於是他們相信，唯有那藏在諸有背後的決定著諸有的靈魂，那個無，或曰那個氣志，才能無遠不屆，無時不存，塞於天地，充于四海。……

> 道家倡無，意在否定一切，而且首先是為了否定仁義禮樂之類的教化；儒家也跟著主張三無，卻欲以此「無」來正天下，即推行

〔註 2〕見《續禮記集說》九冊，頁 4861～4862。

仁義禮樂之類的教化于四海；從這一項很強烈的對比中，或許能找

到不少理論上的啟示。〔註3〕

其實，〈民之父母〉的「三無」，是不拘形式、擴而充之的意思，而不是「去

除」的意思，形式雖然改變，但是實質是一樣的，仍然在「人為」的層次中。

道家的無，則是完全不同層次的思想，道家反對人為的造作，主張回歸自然的

狀態，與〈民之父母〉的不同，應該是很明顯的。

三、「得既塞於四海」與《孟子》志氣論無關

其次，我們要討論「夏（得）既塞於四海」。《上博二‧民之父母》簡5-7：

> 子夏曰：「『五至』既聞之矣，敢問何謂『三亡（無）』？」孔子
>
> 曰：「『三亡（無）』乎，無聲之樂、無體之禮、無服之喪。君子以此
>
> 皇于天下，奚（傾）耳而聽之，不可得而聞也；明目而視之，不可
>
> 得而視也，而夏（得）既塞於四海矣，此之謂『三亡（無）』」。

濮茅左先生原考釋云：

> 「夏」，今本作「志」。「既」，《集韻‧去未》「氣」亦作「既」。
>
> 《楚竹書》「氣」從既、從火，作「熭」。……「塞」，充，滿。……
>
> 「四海」應為泛稱，指廣闊天地間。《孟子‧公孫丑上》：「夫志，氣
>
> 之帥也；氣，體之充也。夫志至焉，氣次焉。」……心具眾理，能
>
> 應萬事，求其心有志，才得浩氣充滿於天地之間。

劉信芳先生〈上博藏竹書試讀〉不贊成把「夏既」釋為「志氣」，他主張應釋為

「德氣」：

> 《民之父母》簡7「而得氣塞於四海矣」，《孔子閒居》作「志
>
> 氣塞乎天地」，《孔子家語‧論禮》作「志氣塞於天地，行之充於四
>
> 海」。鄭玄注「志氣」云：「志謂恩義（旭昇案：當作『恩意』，下
>
> 文同）也。」按「恩義」猶「德」也。《左傳》襄公七年：「恤民為
>
> 德」，《論語‧憲問》：「何以報德」，何晏《集解》：「德，恩惠之德。」
>
> 《孟子‧告子上》：「所識窮乏者，得我與。」「得我」謂感恩於我
>
> 也（參焦循《正義》）。「德」與「得」例可通假，《易‧剝》「君子

〔註3〕龐樸〈再說五至三無〉，2003年3月12日，簡帛研究網站首發。

得興」，京本作「德」，《民之父母》簡 12「屯得同明」，《孔子閒居》
作「純德孔明」。鄭注既釋「志」爲「恩義」，則簡文「得氣」即「德
氣」，是順理成章的事情。「得氣」與「志氣」之異，乃傳本不同。
先秦儒家既重視「德」的內修，此所謂「內得於己」，同時又重視
「德」施行於外而得於人，此所謂「成德」。成德的最高境界有如
郭店簡《五行》簡 29 所云：「五行之所和也，和則樂，樂則有德，
有德則邦家興。文王之見也如此，『文王在上，於昭於天』，此之謂
也。」此乃「有天德者」（帛書《五行》第 344 行），其德昭於天而
遍于人寰，猶氣之充於天地之間。《潛夫論・本訓》：「道德之用，
莫大與氣。」可知「得氣」乃「德」之行於外也。《家語》「行之充
於四海」句，義猶顯赫，蓋「志氣」非鄭注不能明晰，故以「行之」
句足其義也。

龐樸先生〈喜讀「五至三無」〉在「志」、「氣」的發揮尤其用力：

　　「志」和「氣」如何亦步亦趨，又何由「塞」于四方，都是竹簡
中透出來了而未及發揮之處，到《孟子》便都解釋清楚了。特別是
這個「塞」字，如果竹簡和《孟子》本無源流關係，是不可能碰巧
都用它來描述「志」「氣」之狀的。謂予不信，請看全部中國哲學史，
用「塞」字來談哲學的，能有幾處？只此一家而已！張載《西銘》
和方以智《一貫問答》談到過「塞」字，那只不過是這裏的志氣說
的轉述罷了。……

　　只是先得注意，關於「五至」，我們千萬不要相信鄭玄的注文。
鄭玄在《禮記注》中說：「凡言『至』者，至於民也。『志』謂恩意
也。……（五至）皆謂民之父母善推其所有以與民共之」。鄭氏這
樣以絜矩之道來解五至，與「孔子」所說的「必達于禮樂之原」，
整整低了一個層次。孔子的意思是，要能成爲民之父母，不僅要能
如衆所周知的那樣，「善推其所有以與民共」，而且更重要的是，還
得「必達于禮樂之原」，不停留在禮樂之用上；只有達于禮樂之原，
才能夠「致五至而行三無，以橫於天下」。「橫」是什麼？就是充塞。
什麼東西充塞於天下？當然是也只能是志氣，而不是鄭玄所說的

什麼「恩意」。有了這份志氣，才能夠去為「民之父母」。這才是孔子所要表達的大義。何琳儀先生〈滬簡二冊選釋〉以為「得」可通「志」：「『而得既（氣）塞於四海矣』（《民之父母》7），《禮記‧孔子閒居》、《孔子家語‧論禮》均作『志氣塞乎天地』。按，『得』與『志』聲韻均合。典籍往往可以通假。」

陳劍先生〈上博簡《民之父母》「而得既塞於四海矣」句解釋〉謂本句「既」字與「燹（氣）」字不同，不得釋為「氣」，當讀為「德既塞於四海矣」，句承「三亡」之後極為合理。今本《禮記‧孔子閒居》、《孔子家語‧論禮》錯簡在「五至」之後，不可通，遂改為「志氣塞乎（於）天地」。[註4]

旭昇案：濮茅左先生受到今本《禮記》、《孔子家語》的影響，所以把「得既塞於天下矣」說成「志氣塞於四海」，又引《孟子‧公孫丑》的文句，把本篇的義理內容愈解愈玄。學者受到濮先生的影響，把「昙既」一詞或解為「德氣」、或解為「德既」，其實都求之太深，意思反而玄虛難解。此處說君子所行的「三無」，因為是超越形式的，所以人民「傾耳而聽」、「明目而視」，都不可得而聞、不可得而視，但是「三無」對人民的恩意卻「已經能夠」充塞於四海之內了。下節「五起」有「無體之禮，塞于四海」，意同此。可見得本簡的「昙既」照字面「得既」解釋即可，「得既」即「能夠已經」。本簡的政治思想非常踏實，與《孟子》的志氣沒有關係。《孟子‧公孫丑上》的志氣說旨在談「不動心之道」、「善養浩然之氣」，與成為「民之父母」似乎沒有什麼關係。

從文字使用習慣來說，《上博》的「德」字多半寫成「惪」，而寫成「昙」字的多半當「得」解，只有〈民之父母〉簡12的「屯昙同明」是個例外（本句的「昙」一般都同意釋為「德」），我們也不排除這唯一的例外有寫錯字的可能。那麼「昙既塞於四海」更加沒有非解為「德」不可的理由了。

四、「禮樂之源」是什麼

〈民之父母〉一開始說：

> 子夏問於孔子：「詩曰：『凱悌君子，民之父母。』敢問何如而可謂民之父母？」孔子答曰：「民之父母乎，必達於禮樂之源，以至『五

〔註4〕陳劍：《上博簡〈民之父母〉「而得既塞于四海矣」句解釋》，上海：上海古籍出版社，2013年，頁38～41。

　　至』、以行『三無』，以皇于天下。四方有敗，必先知之，其可謂民
　　之父母矣。」

　　但是，終其全篇，〈民之父母〉沒有說明到底什麼是「禮樂之源」。這是一個很耐人尋味的問題。從事哲學研究的學者們往往從義理來思考這個問題，認為「禮樂之源」是「志」，或者「志氣」。這麼一來，就會把〈民之父母〉導向心性論，把本篇跟《孟子‧公孫丑》篇糾纏在一塊兒，越說越玄；同時也會把「五至」說成是以「志」領頭。這麼一來，〈民之父母〉最理想的版本應該是《禮記‧孔子閒居》和《孔子家語‧論禮》，而《上博二‧民之父母》的「五至」反而是一個錯誤的本子了。龐樸先生在〈再說「五至三無」〉中說：

　　　　為民父母者必須達于禮樂之原。此所謂的「禮樂之原」，或禮樂
　　　　之所以為禮樂者，不是玉帛和鐘鼓，而是志和氣（說詳下）。「達于
　　　　禮樂之原」者，不是說達於志和氣，而是說通曉于禮樂之原為志氣
　　　　一事。只有通曉于禮樂之原為志氣，方能由之到達「五至」，以之推
　　　　行「三無」，成為民之父母。

　　　　我們知道，禮樂是需要玉帛鐘鼓來體現的，但玉帛鐘鼓本身並
　　　　不是禮樂，而是禮樂之器，形而下者也。玉帛鐘鼓能以傳達出行禮
　　　　作樂者的志（所謂「鐘鼓之聲，怒而擊之則武，憂而擊之則悲」之
　　　　類），這個志，卻又已不是禮樂，而是禮樂之道，形而上者也。這個
　　　　禮樂之器和禮樂之道統合在一起，亦實亦虛，有形有神，組成為禮
　　　　樂之氣，方才是我們通常籠而統之所謂的禮樂，或禮樂本身。

　　　　不僅禮樂如此也，任一事物都有這樣的「志（或道。主觀者為
　　　　志，客觀者為道）」「氣」「體（或器）」三個層面，都是三合之一。
　　　　三者的關係，正如《孟子》中所描述的那樣：「夫志，氣之帥也；氣，
　　　　體之充也」，呈現為上（志）中（氣）下（體）或正（志）反（體）
　　　　合（氣）的結構。由於志為氣之帥，所以孟子接著說，「夫志至焉，
　　　　氣次焉」（《公孫醜上》），志走到哪兒，氣也跟著到那兒；反過來理
　　　　解便是：哪兒有氣在，那兒便有志。當然，這氣和志，還得要附著
　　　　在體上，具體為某某物事，方才成為生活的實在。

　　龐樸先生以「禮云禮云」一章來說明「禮樂之原（同源）」，非常合適，但

其答案不應該是志氣。十三經注疏本《論語‧陽貨‧禮云章》下邢昺疏云：

> 此章辨禮樂之本也。「子曰禮云禮云玉帛云乎哉」者，玉、圭璋
> 之屬，帛、束帛之屬，皆行禮之物也，言禮之所云豈在此玉帛云乎
> 者哉！言非但崇此玉帛而已，所貴者在於安上治民，「樂云樂云鍾鼓
> 云乎哉」者，鍾鼓、樂之器也，樂之所貴者貴其移風易俗，非謂貴
> 此鍾鼓鏗鏘而已，故孔子歎之，重言之者，深明樂之本不在玉帛鍾
> 鼓也。

邢昺疏指出禮之本在「安上治民」，樂之本在「移風易俗」，大旨不差。朱子《四書集注》此章下指出禮之本在「敬」、樂之本在「和」：

> 敬而將之以玉帛，則為禮；和而發之以鍾鼓，則為樂。遺其本
> 而專事其末，則豈禮樂之謂哉？

我們認為，邢、朱二家之說和〈民之父母〉的內容完全吻合，歷代學者的看法也多半傾向這麼解釋。直接套用二家之說，所謂的「禮樂之源」，從功能面來說就是「安上治民」、「移風易俗」；從德行面來說就是「敬」、「和」。能以「敬」、「和」來施行禮樂，安上治民（「上」字於此要從寬解釋）、移風易俗，當然可以成為「民之父母」。從這個角度來看，〈民之父母〉是一篇相當務實的政治哲學，與心性論基本無關。

本文第一節於 2003 年 3 月 15 日完稿，3 月 19 日以「〈《上博二》小議（二）：《民之父母》「五至」解〉」為題在「簡帛研究」網站首發（webmaster@bamboosilk.org）。其後稍加修飾，另增三節，於 2003 年 10 月 15～17 日在香港中文大學「第四屆國際中古文字學研討會」發表。

上博二小議（四）：〈昔者君老〉中的「母弟送退」及君老禮

提　要

　　《上博（二）・昔者君老》是一篇國君臨終前，太子隨侍在側的禮儀，它似乎可以屬於君喪禮的前段，但是又不好直接屬於君喪禮，因此我們把它叫做君老禮。傳世先秦典籍中只有士喪禮，沒有君喪禮，所以本篇的學術價值非常高。

　　此外，本文也凸顯了國君將去世，政權要移交給太子時，君之母弟微妙而尷尬的地位，在進退揖讓中精確地表現出周代嫡長子繼承制的精神。由簡文中一小節文句的正確斷讀，我們可以從禮儀中體會到禮義，這與傳統《儀禮》的表現手法是一致的。

　　關鍵詞：君喪禮、君老禮、嫡長子繼承

　　《上海博物館藏戰國楚竹書（二）》（以下簡稱《上博（二）》）中的〈昔者君老〉是一篇國君臨終前，太子隨侍在側的禮儀，在先秦古禮上是一篇非常重要的文獻。其內容與《尚書・顧命》相關，其文字與《儀禮》相彷彿。

　　就內容而言，雖然〈昔者君老〉與〈顧命〉二者的時代相去有一段距離，但是〈昔者君老〉重在國君未去世前太子隨侍在側的禮儀，〈顧命〉則重在成王

臨終時囑託遺命及去世後的喪禮。二者可以合參。

就文字而言,《儀禮》文字簡潔,斷讀不易。而且多半只記禮儀,不說禮義,如果不明白禮義,對禮儀的理解就會比較困難。〈昔者君老〉的情形與《儀禮》相當類似,它的文字簡潔,所以有些文句的意義不是很好懂,必需深入瞭解之後,才能知道禮文儀節的精妙。

目前討論本篇的文字,除了《上博(二)》陳佩芬先生的原考釋外,還有李銳先生〈上博館藏楚簡(二)初札〉、顏世鉉先生〈上博楚竹書散論(三)〉、陳偉先生〈《上海博物館館藏戰國楚竹書(二)》零釋〉、林素清先生〈上博楚竹書《昔者君老》釋讀〉、邴尚白先生〈上博〈昔者君老〉注釋〉。各家都對〈昔者君老〉提出了不同的意見,可以補充原考釋的不足。但是,對簡1的「太子前之母弟,母弟送,退,前之,太子再三,然後並聽之」這幾句話,各家都不能說得很清楚,甚至於連斷句都不太一樣。有必要加以深入探討。

首先,我們要確定〈昔者君老〉是屬於什麼禮儀。從內容來看,〈昔者君老〉顯然是一篇國君臨終前,太子隨侍在側的禮儀,因此它不是普通的請安之禮。《上博》考釋者陳佩芬小姐據第一簡第二句把本篇名為〈昔者君老〉,可從。但是,我們要知道,簡文此句中的「老」字不是指普通的年老,它應該是一種避諱用法,指國君年紀大了,快要去世了,但是還沒有死,加上中國傳統又忌諱言死,因而改言老(把「死」諱稱為「老」,這種習慣在現在某些地區老一輩的語言習慣中還保留著)。據此,本篇是國君快死前的預備動作,似乎應該屬於喪禮;但是,國君看來快要死了,卻又不一定死,所以又不好叫直接屬於喪禮。配合本篇篇首,或許我們可以把這一階段稱作「君老禮」。它應該屬於國君將去世前的禮儀,也可以看成「準君喪禮」,傳世典籍中只有士喪禮,沒有君喪禮。因此本篇在先秦禮儀中,有很高的學術價值。

明乎此,本篇有些相關的考釋就比較可以釐清了。如陳佩芬先生原考釋在「太子朝君」下云:「太子雖如儀朝君,因上文言『君老』,實際國君已不能視朝。太子不瞭解內情,或者由於禮儀的關係,祇好繼續恭候。」所敘述恐怕有一點隔。其它受到陳文影響而逐把本篇認為是太子向國君請安的記載,其誤就不用再多說了。

其次,簡文說:「太子朝君,君之母弟是相。」如果是平時的朝君,似乎不用「君之母弟」為相,顯見得這時國家即將可能有大事發生,《周禮·春官·

大宗伯》：「（大宗伯）朝覲會同，則為上相；大喪亦如之；王哭諸侯亦如之。」
肯定〈昔者君老〉是有君喪禮的性質，那麼君之母弟是相跟〈大宗伯〉所稱相
合，據《周禮》，大宗伯的身分是卿，君之母弟的地位至少也應該是卿以上。
二者並無矛盾。

　　肯定以上幾點之後，我們接著來探討〈昔者君老〉「太子前之母弟，母弟
送，退，前之，太子再三」的意思。為了方便討論，我們先依陳佩芬先生的斷
句，把簡 1 全文錄在下面：

　　　　君子曰：昔者君老：大（太）子朝君＝（君，君）之母俤（弟）
　　是相。大（太）子戺（側）聖（聽），庶醽＝（叩，叩）進。大（太）
　　子前之母＝俤＝（母弟，母弟）送，退，前之，大（太）子再三，肰
　　（然）句（後）竝（並）聖（聽）之。大（太）子、母俤（弟）

　　其中，「太子前之母弟，母弟送，退，前之，太子再三」句，陳佩芬先生的
注解如下（《上博（二）頁 243）：

　　　　太子前之母弟　　太子趨於母弟之前。

　　　　「送」，母弟將太子送往寢宮，以聽君命。「退」，母弟送太子達
　　宮然後退，以示其佑導程序完成。

　　　　前之　　太子返回見母弟，趨於母弟之前。

　　　　太子再三　　太子再三要求與母弟同去見君。

李銳先生〈上博館藏楚簡（二）初札〉提出了一個很有意思的說法，他認為「送」
字應該讀為「遜」：

　　　　案所釋「送」字即為上博《緇衣》簡 13「㴱」字上部，原釋文
　　隸定為「恙」，沈培先生據劉國勝說指出「恙」可讀為「遜」。說是。
　　此亦當讀為遜，「太子前之母弟，母弟遜退」，即太子想讓機會給母
　　弟，母弟謙讓。」〔註1〕

林素清先生〈上博楚竹書《昔者君老》釋讀〉、邴尚白先生〈上博〈昔者君老〉
注釋〉〔註2〕均贊同李說，林素清先生以為：

〔註1〕「簡帛研究網」，2003 年 1 月 6 日。
〔註2〕邴尚白：〈上博《昔者君老》注釋〉，第一屆應用出土資料國際學術研討會，苗栗：

母弟遜退，表示母弟因謙讓而不肯前之意。這和《儀禮》各篇記載升堂或賓迎禮時，主客「揖讓而升」等之儀節相近。因此，本簡文當讀為：「太子前之母弟（請母弟前之），母弟遜退；前之（再請母弟前之）；太子再三（第三次請母弟前之，母弟皆不肯前之），然後並聽之。」這是具體描述太子朝君時與母弟相互禮讓、恭敬的儀節。〔註3〕

依陳佩芬先生原考釋，「太子再三」釋為「太子再三要求與母弟同去見君」，已經有謙遜之意；李銳先生在這個基礎上，把「送」字改釋為「遜」，更形加強謙讓的意味，林、邴二家承之。以上四家的釋字斷句雖然小有不同，但對內容的解釋及對禮儀的詮解基本上是一致的。不過，這樣解釋恐怕是有問題的。

首先，從字形來看，本篇此字字形作「𢏚」，與《上博（一）·緇衣》簡13「悉」字作「𢏚」，上部的確相同（首筆「八」字形下或作「十」形、或作豎筆中間加點，在古文字中並無不同，其例甚多），《上博（一）·緇衣》簡13「悉」字可以讀為「遜」，沈培先生的文章探討得很詳細，可信。可是本篇此字似不宜讀為「遜」。本篇此字即「朕」、「勝」等字所從的「𢏚」（音朕），它的正常讀音是讀成「朕」、「滕」、「縢」等字，其例甚多，陳佩芬先生讀成「送」，合於音理，也合於文義（說見下）；《上博（一）·緇衣》讀成「遜」是通假，何者為是，要看上下文義來決定。

從內容上來說，本篇寫老君將去世，太子銜悲在側，待命晉謁，這是何等重大的事。從王位繼承法來看，王位應該傳給誰，周代有一定的慣例。左氏家和公羊家的說法看起來稍有不同，但精神其實是一致的。左氏家說見《左傳·襄公三十一年》傳文：「太子死，有母弟則立之；無則長立。年鈞擇賢，義鈞則卜。」據此，左氏家主張周代王位繼承的順位如下：

1. 太子

2. 太子死，有母弟則立之（太子的同母弟弟）

3. 無則長立（庶子之年齡長最者）

4. 年鈞擇賢（同為庶子之年長者，年齡相同則擇其賢者）

育達商業技術學院應用中文系，2003年4月。

〔註3〕林素清〈上博楚竹書《昔者君老》釋讀〉，「第一屆應用出土資料國際學術研討會」，竹南：育達商業商業技術學院，2003年4月23日。

5. 義鈞則卜（同為賢者則以卜筮決定）

公羊家說見《公羊傳・隱公元年》「立適以長不以賢，立子以貴不以長」句下何休注：「禮：嫡夫人無子立右媵，右媵無子立左媵，左媵無子立嫡姪娣，嫡姪娣無子立右媵嫡姪娣，右媵嫡姪娣無子立左媵嫡姪娣。質家親親，先立娣；文家尊尊，先立姪。嫡子有孫而死，質家親親，先立弟；文家尊尊，先立孫。其雙生也，質家據現在立先生，文家據本意立後生。」據此，公羊家主張周代王位繼承的主要順位如下：

1. 嫡夫人子
2. 右媵子
3. 左媵子
4. 嫡姪娣子
5. 右媵嫡姪娣子
6. 左媵嫡姪娣子

這二家的說法其實可以互補，互補後的順位如下：

左氏說	公羊說	綜合說
1. 太子	1. 嫡夫人子	1. 嫡夫人子
2. 太子母弟		2. 太子同母弟
3. 無則長立（庶子之年齡長最者） 4. 年鈞擇賢（同為庶子之年長者，年齡相同則擇其賢者） 5. 義鈞則卜（同為賢者則以卜筮決定）	2. 右媵子 3. 左媵子 4. 嫡姪娣子 5. 右媵嫡姪娣子 6. 左媵嫡姪娣子	3. 太子異母兄弟

從這個表可以看出，周代的王位繼承法中，國君去世後，第一順位的繼承人是太子——即國君的嫡長子、第二順位是太子的同母弟、第三順位是太子的異母兄弟。君之母弟——即太子的叔叔是完全沒有資格的。但是，他雖然沒有資格，他在皇族中的地位卻很重要。因為他嫻熟宮廷事務、擁有廣大的人脈。這種條件，使得國君將去世時，君之母弟——即太子的叔叔，地位變得很尷尬。情況好的話，他可能是一個讓太子安然繼承王位、治理國家的輔佐大臣；情況壞的話，他也可能是一個欺負孤兒寡婦、取而代之的篡位者。因此無論是將去世的國君，或者即將繼位的太子，對他都是很忌憚的。我們看周初武王去世，

成王對「君之母弟」周公，不就是這個情形嗎！如果〈昔者君老〉是國君臨終的禮儀，那麼相關的規定對「君之母弟」這位尷尬的叔叔應該會有很高的期待和很嚴密的防範，既需要叔叔在旁協助政權的過度，又要防止叔叔過度涉入而奪權。在這樣的考量之下，「君老禮」中對君之母弟的規定應該是很嚴格的，既要他擔任太子的相，保持親密的關係，以便順利護送太子安然坐上王位；同時又要嚴格地限制君之母弟，讓他知道他是沒有資格繼承王位的，簡文明稱「太子」，是「太子」已經確定，沒有任何疑問。在這場王權轉移的大典中，「母弟」只是一位引導禮儀進行的「相」。因此，表現在〈昔者君老〉中的禮儀，叔叔送太子上前之後，要「退」，表示自己謹守本分，不敢逾越。但是，這種「退」是禮儀規定的，不是君之母弟可以自我表示謙遜的，因此不應該會有「遜」這樣的字眼。其次，從《儀禮》來看，先秦禮儀的規定是很嚴格的，一舉手、一投足，揖讓進退都有一定的規定。《儀禮》中的揖讓，大都是主人與賓之間的動作，似乎沒有看到主人和「相」揖讓遜退的。綜上所論，本篇太子似乎不可能「遜讓」，因此母弟也就沒有什麼「遜退」的可能。陳佩芬先生把本簡的「𣥂」字釋為「送」，可信。依李銳先生之說，〈昔者君老〉此處的主角好像變成君之母弟，其實是不妥的。

君之母弟把太子送上前，然後退下。接下來的「前之太子再三」一句，也很不好理解。陳佩芬先生讀成「前之，太子再三」，釋義云：「太子返回見母弟，趨（旭昇案：趨是小跑步的意思。在這兒似乎不可能趨）於母弟之前。太子再三要求與母弟同去見君。」其缺點是：「母弟送，退。前之，太子再三。」前兩句的主詞是母弟，第三句「前之」的主詞突然變成「太子」，這是不太合理的。

林素清先生讀成「太子前之母弟（請母弟前之），母弟遜退；前之（再請母弟前之）；太子再三（第三次請母弟前之，母弟皆不肯前之），然後並聽之。」問題如前述，君之母弟只是一個「相」，我們很難明瞭，為什麼簡文在這裡不提太子如何去晉謁君王，而一再描述太子去敦請叔叔？而且把「前之母弟」說成「太子前之母弟（請母弟前之）」，也添加了太多的字。

我們認為，禮書寫儀節的文字都很簡略的（不過絕對不會不通順），我們依文義把簡文補足如下：

太子晟（惻）聽，庶醯（這），醯（這）進，太子前，之母弟。

母弟送，退。（母弟又）前之太子，再三，然後並聽之。

太子在門外等候召見。等到得到命令，於是太子前，到君之母弟前面（本句及下一句的「之」字是「前往」、「到」的意思）。君之母弟是相者，於是引導太子，把太子送進去，然後退下。母弟往前走到太子處，再三請太子上前，然後太子和母弟一同並聽國君的遺命。簡文省略君之母弟，因為這幾句的主詞一直都是君之母弟，所以對古人而言，不會造成誤讀。

君之母弟已經把太子送上前去了，太子為什麼不繼續前進，而要讓叔叔再三敦請他，然後才肯和叔叔一起上前呢？一般人聽到父親病危，一定是飛奔前去見最後一面，但是身為太子，又多了一層尷尬：既希望能見到父親最後一面，但走得太急、太直接，又好像急著想接王位，所以會躊躇為難，君之母弟因此要再三前之太子，敦請太子前去晉見父王。禮的規定在這兒很明確地把太子這種心理儀式化，讓太子的角色表現得恰到好處。

這樣詮釋，會不會推求太過呢？我們認為不會。《禮經》記儀節，一舉一動的記載，不厭其煩，力求精確。但是對這些動作的意義，並沒有任何文字加以解說，所有的解說幾乎都由《禮記》這樣的典籍來完成。舉例來說，《禮記·冠義》云：「『冠於阼階』，以著代也；『醮於客位，三加彌尊』，加有成也；『已冠而字之』，成人之道也；『見於母，母拜之；見於兄弟，兄弟拜之』，成人而與為禮也；『玄冠、玄端，奠摯於君，遂以摯見於鄉大夫、鄉先生』，以成人見也。」《禮記·昏義》云：「『昏禮納采、問名、納吉、納徵、請期，皆主人筵几於廟，而拜迎於門外，入，揖讓而升，聽命於廟』，所以敬慎重、正昏禮也；『父親醮子而命之迎』，男先於女也；『子承命以迎，主人筵几於廟而拜迎於門外，婿執鴈入，揖讓升堂，再拜奠鴈』，蓋親受之於父母也；『降，出御婦車，而婿授綏，御輪三周，先俟于門外。婦至，婿揖婦以入，共牢而食，合巹而酳』，所以合體同尊卑以親之也。」雙引號中都是《儀禮》中的儀節，其後則是《禮記》中所收錄的禮義解說。由於有這樣的解說，我們才能清楚地瞭解儀節背後所蘊含的意義。比照〈冠義〉、〈昏義〉，我們可以把〈昔者君老〉的禮義解說如下：「『太子前，之母弟』，母弟相也；『母弟送，退』，示不敢有僭心也；『前之太子，再三』，示孝子之躊躇也。」

　　斷簡殘編，〈昔者君老〉是否一定可以這麼說？我們也不敢有絕對的把握。敬祈方家的指正。

參考書目

1. 馬承源主編《上海博物館藏戰國楚竹書（二）》，上海：上海古籍出版社，2002年12月。
2. 李銳〈上博館藏楚簡（二）初箚〉，2003年1月6日，簡帛研究網站首發。
3. 顏世鉉〈上博楚竹書散論（三）〉，2003年1月19日，簡帛研究網站首發。
4. 陳偉〈《上海博物館藏戰國楚竹書（二）》零釋〉，2003年3月17日，簡帛研究網站首發。
5. 林素清〈上博楚竹書《昔者君老》釋讀〉，第一屆應用出土料國際學術研討會，苗栗·私立育達商業技術學院，2003年4月23日。
6. 邴尚白〈上博〈昔者君老〉注釋〉，第一屆應用出土料國際學術研討會，苗栗·私立育達商業技術學院，2003年4月23日。

　　簡帛研究網站2003年6月16日首發，6月26日略作文字修飾，發表於嘉義大學中國文學系「嘉義大學第一屆簡牘學術研討會」，2003年7月12日。

上博三周易比卦
「有孚盈缶」「盈」字考

《上博三·周易·比卦·初六》簡9原釋文作：

> 初六：又（有）孚比之，亡（无）咎。又（有）孚海缶，冬（終）
> 迷（來）、又（有）它吉。

「汹」，簡文作「𣲐」，原考釋隸定為「海」（《上博三》，頁149），但於字形未作分析：

> 「又（有）孚比之」，相比之道，以誠信為本，以信待物，始
> 得免咎。「海」，《說文·水部》；「海，天池也，以納百川者。」「又
> （有）孚海缶」，以喻著信立誠，若海若缶，能納來者，皆與相親
> 而無偏。

廖名春先生從之：「《玉篇·水部》：「海，大也。」「海」有大、富義，故能與「盈」義近互用。」（〈楚簡《周易》校釋記（一）〉，簡帛網站2004年4月23日）何琳儀先生、程燕博士以為從水、企聲，音轉為「盈」（〈滬簡《周易》選釋〉，簡帛研究網站2004年5月16日）。楊澤生先生讀為「竭」，以為右旁疑從「歹」（〈周易中的二個異文〉，簡帛研究網站2004年5月29日）。黃錫全先生隸作「浧」字，讀為「盈」或「罃」，「浧」通「瀴」、「盈」；「罃缶」則指腹大口小的瓶子（〈讀上博《戰國楚竹書（三）》札記數則〉，簡帛研究網站2004

年 6 月 22 日）。

　　旭昇案：各家所說都有字形學上的依據，但是用來解釋《周易》，都不是很貼切。其實，簡本此字就是「水滿」義的「盈」的本字，字從水從及。「盈」字石鼓文作「盈」（《戰國文字編》頁 318）、《睡簡・效》21 作「盈」（《睡虎地秦簡文字編》頁 72）、《銀雀山》702 作「盈」（《銀雀山漢簡文字編》頁 178）、《馬王堆・老甲》6 作「盈」（《馬王堆簡帛文字編》頁 199）。睡虎地簡、銀雀山二形「皿」上所從，與楚簡「汲」字右旁所從極為類似。從石鼓文來看，「及」字似應從「人（繁化為「千」）」從「攵（與「止」同義）」，會「人至」之義，引伸為「至」。楚簡本「汲」字從水從及，會水至盈滿之義，故為「水盈」之本字（「盈」可視為從皿、及省聲；也可視為從皿及會意）；「人」形繁化為「千」、「攵（止）」形訛為「女」形，為楚系文字常見的現象。據此，楚簡本「汲」當釋為「水盈」之「盈」，與今本作「盈」同字。

　　馬王堆帛書本《周易・比卦・初六》作「初六：有復比之，无咎。有復盈缶，冬來或池吉」；今本《周易・比卦・初六》作「初六：有孚比之，无咎。有孚盈缶，終來有它吉」。相應的位置都作「盈」，可見無論從字形分析或板本比對來看，楚簡本此字釋為「盈」，應該是相當合理的。

　　原發表於「簡帛研究網」，2005 年 8 月 11 日，http://www.jianbo.org/admin3/2005/jixusheng004.htm。其後侯乃峰〈說楚簡「及」字〉（簡帛網站，2006 年 11 月 29 日，http://www.bsm.org.cn/show_article.php?id=470）據本文指出楚簡「秥」又作「秥」，確定了「及」讀同「古」。趙平安〈關於及的形義來源〉（簡帛網站，2007 年 1 月 23 日，http://www.bsm.org.cn/show_article.php?id=509，後收入《新出簡帛與古文字古文獻研究》，北京：商務印書館，2009 年 12 月）又進一步指出「及」字實為「股」之初文。

《上博三・恆先》
「意出於生，言出於意」說

一、前　言

《上海博物館藏戰國楚竹書（三）・恆先》[註1]簡5-6云：「又（有）出於或，生（性）出於又（有），音出於生（性），言出於音，名出於言，事出於名。」

原考釋者李零先生沒有多做解釋，只在293頁的注中簡單地說：「或生有、有生性、性生音、音生言、言生名、名生事。」從字面上看，這樣解沒有問題，但是，從義理上看，「性生音、音生言」一段，其真正涵義卻很難讓人理解：作者為什麼要特別強調「性」可以生「音」？「性」既然可以生「音」，那麼為什麼不能直接生「言」？在這一段發生思維中，我們看不出「音」有任何必需性。

對於這樣的疑問，雖然李銳先生在〈《恆先》箚記兩則〉（孔子網2000，2004年4月17日）一文舉出《逸周書・官人》「氣初生物，物生有聲」、《大戴禮記・文王官人》「初氣主物，物生有聲」為證；廖名春先生在〈上博藏楚竹書《恆先》

―――――――――――――――――

〔註1〕馬承源主編，《上海博物館藏戰國楚竹書（三）》，上海：上海古籍出版社，2003年12月。

新釋〉〔註2〕中除了把隸定文字改成「又（有）出於或（域），生出於又（有），音出於生，言出於音，名出於言，事出於名」外，又舉出了《管子‧內業》「音以先言。音然後形，形然後言」為證。但仍然不能解釋為什麼在這樣的發生序列中，「音」會有這麼重要的地位。其後探討〈恆先〉的學者很多，大體都繼承原考釋「音」的隸定，而沒有特別解釋「音」的作用及意義。

我們認為，〈恆先〉此處的「音」字應該直接釋為「意」，也就是說，此處的「音」字可能就是「意」字，或者和「意」字是同形字。

二、從古文字談「音」和「意」的關係

由於古文字材料中，與「意」相關的線索很少，所以「意」是一個很棘手的字。《說文》有兩個字和「意」有關，一作「意」，大徐本《說文》卷十上釋云：「志也。从心——察言而知意也。从心、从音。」段玉裁注：「志即識，心之所識也。意之訓為測度、為記。訓『測』者，如《論語》『毋意、毋必』、『不逆詐，不億不信』、『億則屢中』，其字俗作『億』。訓『記』者，如今人云『記憶』是也，其字俗作憶，〈大學〉曰：『欲正其心者，先誠其意。』誠，謂實其心之所識也。」

《說文》卷十下另外有一個「𪎭」，大徐本釋云：「滿也。从心、𧰼聲。一曰：十萬曰𪎭。」段玉裁注：「《方言》曰『臆，滿也』、《廣雅》曰『臆，滿也』、漢蔣君碑『餘悲馮億』，皆𪎭之假借字也。」

目前出土材料中，「意」字最早出現於秦文字，直到隸楷，所有的字形都从心、从音，與《說文》的分析相同。至於「𪎭」字，出土材料未見（參附錄字表一）。（編者校案：清華玖已見此字。）

對於「𧰼」字，我們也要做點探討，《說文》卷三上釋云：「快也。从言从中。」段注云：「快，喜也。從言中會意，『中』之言『得』也，言而得，故快。」意思是：話說對了，所以快樂。依段注的意思，此字即後世「臆測」之「臆」的本字。林義光《文源》以為「言中為快，非義。从言，○以示言中之意，當與意同字」，據此，中間的圓圈是個指事符號，表示「察言而知意」。于

〔註 2〕廖名春〈上博藏楚竹書《恆先》新釋〉，簡帛研究網站 2004 年 4 月 19 日，僅發表上半；全文於 2004 年 5 月 7 日在孔子 2000 網站發表，又 2004 年 6 月 13 日在台北中研院文哲所「經典與文化的形成」第九次讀書會發表。

省吾先生則以為「音」是從「言」分化出來的附畫因聲指事字（見《甲骨文字釋林》（北京：中華書局，1979），頁459頁），也是以為此字從「言」，並且以一個圓圈為具有分化作用的指事符號。這個字目前只見於西周中期的音簋、九年衛鼎、牆盤、西周晚期的潯伯簋、戰國晉系文命瓜君壺（參《金文編》（北京：中華書局，1985），頁139，見附錄字形表二），楚系文字《郭店·語叢三》簡64，接著就看不到這種寫法的字了。一直到東漢末年的楊統碑、西狹頌、譙敏碑，才又出現在「億（億）」字的偏旁中（參《秦漢魏晉篆隸字形表》（成都：四川辭書出版社，1985），頁565～566。東漢從此形的「億（億）」字有三個），但是西漢的「億」字、「意」字都從「音」（參附錄字形表三）。

《說文解字》中互不相屬的「意」和「薏」，形義不同，看起來是不同的字，但是實際情況如何，目前還很難說。目前所能看到的材料，直到西漢，可靠的「意」字及從「意」的「億」，其「意」形上部所從都是「音」，沒有看到作「薏」的，對於這種現象，我們推測有兩種可能：

（一）本用「音」為「意」，其後加意符「心」，造出「意」字

「意」是一個抽象義的字，除非用形聲字來造字，否則不太好表現。我們推測的第一種可能是古本用「音」字來表示「意」，「音」的上古音屬影紐侵部，「意」屬影紐之部，二字上古聲相同，韻為旁對轉，如《周易·豫·九四》以「疑」、「簪」為韻；《大戴禮記·五帝德》以「任」、「治」為韻（參陳師新雄《古音學發微》（嘉新水泥公司文化基金會研究論文第一八七種，1972），頁1085），因此「音」可以假借為「意」。當然，「言為心聲」，「心聲」也就是「意」，所以「音」和「意」在意義上也有很密切的關係。根據于省吾先生的說法，「音」是從「言」分化出來的附畫因聲指事字（見《甲骨文字釋林》頁458頁），如果依此說，則用「音」為「意」是一種引伸用法，其後加義符「心」，造出引伸分化形聲字「意」。

依此說，「意」和「薏」可能不同字，雖然出土文字材料中只見「意」字，未見「薏」字。也有可能「薏」字晚出，旋起旋廢，只保留在《說文解字》中。

（二）「音（意）」即「音」，與「音（樂）」為同形異字

如前所述，「音」是個指事字，字從「言」，而在「言」的中間加個指事符號「○」；有可能戰國時期秦、楚系的「音」字把指事符號改成短橫筆，改寫

在「言」形下部的「口」形中，因而字形雖然和「音（樂）」字相同，其實應該看成「音」字。也就是說，戰國時期秦、楚系的「音」，有可能同時代表「音樂」之「音」、與「臆測」之「音」二字。「音」作「意」用時，並不加意符「心」。秦以後為了區別，於是另加義符「心」，《說文》則保留了另一個從「音」加「心」的「意」字。

依此說，「意」和「意」字應該是同一個字。

透過古文字學的解釋，我們推測「音」可以讀成「意」，那麼《上博三·恆先》簡 5-7 就應該讀成：「又（有）出於或、生出於又（有）、意出於生、言出於意、名出於言、事出於名。」整個發生序列就明白可說了。「或（蘊發狀態）」生「有（實有）」，「有」生「生（性）」，「生（性）」生「意（意念）」、「意」生「言」，「言」生「名」，「名」生「事」。混混天地，察察人間，就這麼形成了。

三、典籍中「音」、「意」通作的探討

由於「音」與「意」有這樣的糾葛，所以前引廖文所引《管子·內業》的「音」字，其實應該讀成「意」字。又，《管子·內業》還有另外兩段的「音」字，也應該讀為「意」。這一點，清代大儒王念孫在《讀書雜志》中已經指出來了：

〈內業〉「是故此氣也，不可止以力，而可安以德；不可呼以聲，而可迎以音。敬守勿失，是謂成德，德成而智出，萬物果得」，尹〔註3〕解「可迎以音」句云：「調其宮商，使之克諧，氣自來也。」念孫案：尹說甚謬，「音」即「意」字也。言不可呼之以聲，而但可迎之以意也。「音」與「力」、「德」、「德」、「得」為韻，明是「意」之借字。若讀為聲音之音，則失其韻矣！

又下文云：「彼道之情，惡音與聲，修心靜音，道乃可得。」尹注曰：「音聲者所以亂道，故惡之也。」念孫案：「惡音與聲」本作「惡心與音」，「音」即「意」字也。道體自然，而人心多妄，不脩其心、靜其意，則不可以得道，故曰「彼道之情，惡心與意，修心

〔註3〕「尹」謂《管子》尹知章注。

靜意，道乃可得」也。「意」之為「音」借字耳。脩心靜音，「音」與「得」為韻，明是「志意」之「意」，非「聲音」之「音」也，後人誤以「音」為「聲音」之「音」，遂改「惡心與音」為「惡音與聲」，尹氏不察，而曲為之說，其失甚矣。

又下文云：「音以先言，音然後形，形然後言」，兩「音」字亦讀為「意」，謂意在言之先，意然後形、形然後言也（尹注：「言從音生，故音先言。」亦是曲為之說）。前〈心術〉篇云：「意以先言，意然後形，形然後思，思然後知。」是其明證也。

《說文》「意」從「心」、「音」聲（徐鍇本如此。徐鉉本作「从心、从音」，此鉉不曉古音而妄改之也），音意聲相近，故「意」字或通作「音」，《史記・淮陰侯傳》：「項王喑啞叱咤。」《漢書》作「意烏猝嗟」。「喑」之作「意」，猶「意」之通作「音」矣！〔註4〕

旭昇案：王念孫眼光獨到，《管子・內業》的「音」應該讀為「意」，他都很清楚地提到了。但是，「彼道之情」一段，王說恐怕有些問題，我們先把這幾句話完整地引在下面：

凡道無所，善心安愛。心靜氣理，道乃可止。彼道不遠，民得以產；彼道不離，民因以知。是故卒乎其如可與索，眇眇乎其如窮無所。彼道之情，惡音與聲，修心靜音，道乃可得。

看得出，這一小節都應該是押韻的，而且是兩句一韻。首句「凡道無所，善心安愛」，王念孫《讀書雜志》以為當作「凡道無所，善心安處」〔註5〕。照這麼校改，頭兩句是有韻的，義理似乎也頗為明白。但是，我們看下句明明說的是「『心』靜『氣』理，道乃可止」，上句無論原書作「善『心』安『愛』」、或王念孫改成「善『心』安『處』」，「心」字可以前後呼應，但是「氣」字就不見了。我認為「善心安愛」當作「善心安氣」，「氣」字戰國古文作「燹」〔註6〕，從火、既聲，「既」字從皀、旡聲（依《汗簡》，則「氣」字古文或作「炁」，從火、旡聲）〔註7〕；「愛」字本作「㤅」，從夊、炁聲，「炁」從心、

〔註4〕王念孫《讀書雜志》（臺北：樂天出版社，1974年），卷五之八，頁480。
〔註5〕王念孫《讀書雜志》（臺北：樂天出版社，1974年），卷五之二，頁420。
〔註6〕參何琳儀《戰國古文字典》（北京：中華書局，1998年），頁1197。
〔註7〕見郭忠恕《汗簡》（北京：中華書局，1983年），中之二葉四十七下，頁24。

冘聲，「燹」、「焎」同音而誤（若原作「焘」，則「焘」、「焎」形近音同，訛誤的發生就更合理了），「焎」字又以同音而誤作「燮（愛）」。「心靜氣理」為「善心安氣」的結果，二句相互呼應。但是這麼一改，原來兩句應押韻而未押韻的問題並沒有解決，「凡道無所，善心安氣」依全段體例應該要押韻，因此首句的「所」字應該是有問題的，我懷疑「所」應為「匹」字之誤。

「所」字與「匹」字容易相混，最早是由于省吾指出的，《尚書新證》以為《尚書·大誥》「天閟毖我成功所」、〈召誥〉「王敬作所」、〈君奭〉「多歷年所天」三句中的三個「所」字都應該是「匹」字之訛：

「所」乃「匹」之譌，弓鎛「所」作「𦥑」，象伯簋「匹」作「𠂤」，

二字形最易渾，故漢人刎「匹」為「所」，遺誤至今。〔註8〕

戰國楚簡中，「匹」訛為「所」，也有其例，《郭店楚墓竹簡·尊德義》簡24「為邦而不以豊（禮），猶焎之亡（無）適也」，「焎」作「𥻩」，袁國華先生以為當為「匹人」之訛〔註9〕，其說可從。據此，《管子·內業》本句的「凡道無所」當作「凡道無匹」，意謂：道是獨一無二的。

〈內業〉篇「彼道之情，惡音與聲，修心靜音，道乃可得」，第三句「修心靜音」的「音」字，王念孫以為當讀為「意」，這是對的。但是，他認為第二句「惡音與聲」應作「惡心與音（意）」，這就推之太過了。一則是依這樣校勘，「情」與「音（意）」並不押韻，有違全段體例；其次是「惡心與音（意）」和「修心靜音（意）」文義不連貫，甚至於有點互相矛盾（既然要「修心靜意」，為什麼又說「惡心與意」呢？）。鄙意以為第二句的「惡音與聲」仍應依原文讀，謂道不喜外在的雜音，若能摒絕外在的雜音，靜心修意，則道自然可得。

經過這樣的梳理，這一小段的文字應作「凡道無匹，善心安氣，心靜氣理，道乃可止。彼道不遠，民得以產；彼道不離，民因以知。是故卒乎其如可與索，眇眇乎其如窮無所。彼道之情，惡音與聲，修心靜音（意），道乃可得」，全段是有韻的：「匹」、「氣」屬「質／微」旁對轉〔註10〕；「理」、「止」押「之」韻，

〔註8〕 于省吾《尚書新證》（臺北：崧高書社，1985年），卷二，頁110～111。

〔註9〕 袁國華，2002年，〈郭店楚墓竹簡從「匕」諸字以及與此相關的詞語考釋〉，「第十三屆全國暨海峽兩岸中國文字學學術研討會」（花蓮：花蓮師範學院，2002年4月）發表論文；後收在《史語所集刊》74本1分，2003年3月。

〔註10〕質微旁對轉，見《古音學發微》頁1081，該書所舉的例子是《管子·形勢》的「水」、「至」押韻，與本文所舉正好是同一批材料。

「遠」、「產」押「元」韻，「離」、「知」押「支」韻，「索」、「所」押「鐸／魚」韻，「情」、「聲」押「蒸」韻，準此，最後兩句也應該有韻，「音」讀為「意」，則與「得」字同押「職」韻。

這些「意」字所以會寫成「音」，一個原因是「音」可能本來即是「意」字，所以《管子》保留戰國古文；另外當然也可能「意」和「音」形音義俱近而通假，無論是那一個原因都可以說明《管子》這三小節的這幾個「音」字應讀為「意」。

《上海博物館藏戰國楚竹書（一）‧孔子詩論》簡 1「文無離言」，李學勤先生〈詩論分章釋文〉〔註11〕隸定作「文亡隱意」。細看原簡，也有可能作「文無隱音」，或者「文無隱言」，明乎「音」從「言」分化，古文字「音」、「言」常互用；而戰國楚系文字「音」字又可以讀成「意」，則「文無隱言」、「文無隱音」，其實都應該讀成「文無隱意」，也就毫無疑怪了。

前引王念孫《讀書雜志》指出《史記‧淮陰侯傳》：「項王喑啞叱咤。」《漢書》作「意烏猝嗟」。這是「喑」或作「意」，也就是「音」可以通「意」的例證。另外，我們也可以舉一個「意」可以通「音」的例子：《馬王堆帛書‧老子甲》96「意聲之相和也」，今本《老子》作「音聲之相和也」，足證直到漢代，「意」、「音」仍然有互作之例。

四、魏晉以前言意關係的論述

〈恆先〉簡 5-6：「有出於域，生出於有，意出於生，言出於意，名出於言，事出於名。」相類似的句子又見《鶡冠子‧環流》：「有一而有氣，有氣而有意，有意而有圖，有圖而有名，有名而有形，有形而有事，有事而有約。」與「言出於意、名出於言」相關的論述，我們很容易地會聯想到以下各家之說：

> 子曰：「名不正則言不順。」（《論語‧子路》）

> 子曰：「書不盡言，言不盡意。」（《周易‧繫辭傳‧上》）

> 荃者所以在魚，得魚而忘荃；蹄者所以在兔，得兔而忘蹄；言

〔註11〕李學勤〈詩論分章釋文〉，《中國哲學》第 24 輯，頁 135～138，2004 年 2 月。原名〈上海博物館藏楚竹書《詩論》分章釋文〉，《簡帛研究網站》，http://www.bamboosilk. org/Wssf/2002/lixueqin01.htm，頁 1～2，2002 年 1 月 16 日。又載《國際簡帛研究通訊》第 2 卷第 2 期，頁 1～3，2002 年 1 月。

者所以在意，得意而忘言。(《莊子‧外物》)

子列子曰：「得意者無言，進知者亦無言。用無言為言亦言，無知為知亦知。無言與不言，無知與不知，亦言亦知。亦無所不言，亦無所不知；亦無所言，亦無所知。如斯而已。」(《列子‧仲尼》)

意以象盡，象以言著。故言者所以明象，得象忘言；象者所以存意，得意忘象。(魏‧王弼《周易略例‧明象章》)

理得於心，非言不暢；物定於彼，非名不辯。言不暢志，則無以相接；名不辯物，則鑒識不顯。鑒識顯而名品殊，言稱接而情志暢。原其所以，本其所由，非物有自然之名，理有必定之稱也。欲辯其實，則殊其名；欲宣其志，則立其稱。名逐物而遷，言因理而變。此猶聲發響應，形存影附，不得相與為二矣。苟其不二，則言無不盡矣。(西晉‧歐陽建〈言盡意論〉)

由先秦到魏晉，蓬勃發展的言意之辨，顯然是中國哲學的一個重要議題，《上博三‧恆先》簡5-6本簡解為「意出於生，言出於意，名出於言」，則符合中國哲學的這一個大傳統；讀為「音出於生，言出於音，名出於言」，則如月下孤鳥，無枝可棲。同樣地，《上博（三）‧恆先》簡6的「音非音，無胃（謂）音；言非言，無胃（謂）言」，也要讀成「意非意，無胃（謂）意；言非言，無胃（謂）言」。

附錄、字形表：A 意、B 音、C 億

A1 秦印.十鐘 3.56	A2 秦.雲夢.封診 82	A3 西漢初.老子甲 96	A4 西漢.縱橫家書 46
A5 東漢.孔龢碑	A6 漢印徵 10.17	A7 漢印徵 10.17	A8 漢印徵 10.17
B1 周中.音簋	B2 周中.九年衛鼎	B3 戰.晉.命瓜君壺	B4 戰.楚.郭.語叢三 64

C1 西漢.億年無疆瓦	C2 新嘉量二	C3 東漢.天發神讖碑	C4 東漢.石門頌
C5 東漢.西狹頌	C6 東漢.楊億碑	C7 東漢.張遷碑	C8 東漢.譙敏碑

後記：2004 年 6 月 13 日在中研院文哲所「經典與文化的形成」第九次讀書會，由廖名春先生帶讀《上海博物館藏戰國楚竹書（三）‧恆先》。會上，台大哲學系前主任林義正教授和我都主張本篇「音」字要釋為「意」。因為我對字形有一些自己的想法，所以撰成此篇，以求教於方家。2004 年 6 月 22 日初稿發表於「簡帛研究網」。2004 年 9 月 13 日在中研院文哲所第十一次讀書會以網上發表的小文進行研討後，又做了一些修訂，把《管子‧內業》篇的文字做了進一步的訂補，益覺「音」讀為「意」的可能性更大了些。後發表於《中國文字》新三十期，2005 年 12 月。

《中國文字》新三十期，頁 183～192，2005 年 12 月；本文曾在 2004 年 6 月 16 日簡帛研究網站首發。

從隨文說解的體例談〈恆先〉的詮解

　　《上海博物館藏戰國楚竹書（三）》的第三篇〈恆先〉[註1]，是一篇非常重要的道家文獻。這些竹簡埋藏在地下兩千餘年，能夠以現貌面世，上海博物館及原考釋者李零先生確實功不可沒。但不可諱言的，其中也還有一些釋讀上的問題沒能解決。經過許多學者不斷的努力之後，全篇的大旨已可掌握，但是某些細部的義理還顯得凌亂。要解決這些問題，有些必需從文章體例著手。以下，本文想從文章結構的角度來談一些相關的義理釋讀。我們先舉義理釋讀比較困難的一節做例子，說明瞭解文章體例對義理詮釋的重要。《上海博物館藏戰國楚竹書・恆先》簡 7-9 原釋文云：

　　　恙（詳）宜利主，采（採）勿（物）出於复（作）■，焉又（有）
　　事不复（作）無事舉（舉）。天之事，自复（作）為，事甬（庸）吕不
　　可賡（更）也。凡【簡七】多采（採）勿（物）先者又（有）善，
　　又（有）絢（治）無嚻（亂）。又（有）人焉又（有）不善，嚻（亂）
　　出於人。先又（有）审（中），焉又（有）外。先又（有）少（小），
　　焉又（有）大。先又（有）矛（柔），焉【簡八】又（有）剛。先又
　　（有）圓（圓），焉又（有）枋（方）。先又（有）昒（晦），焉又（有）
　　明。先又（有）耑（短），焉又（有）長。

────────────
〔註1〕馬承源主編《上海博物館藏戰國楚竹書（三）》，上海古籍出版社，2003 年 12 月。

這一小節的敘述很不好懂。原考釋者李零先生云：

> 「勿先」讀為「物先」，指中為外先，小為大先，柔為剛先，圓
> 為方先，晦為明先，短為長先。作者認為事物矛盾的對立面有先後
> （原生和派生）之分。〔註2〕

李零先生在〈恆先〉原考釋一開始的「說明」中也指出：

> 全篇一開始所稱的「恆先」是「道」的別名。作者認為，天下的
> 矛盾概念皆有先後，如中為外先，小為大先，柔為剛先，圓為方先，
> 晦為明先，短為長先，但推本溯源，作為終極的「先」是「恆先」。
> 「恆先」也見於《馬王堆漢墓帛書‧道原》（文物出版社，一九八五
> 年），作「恆先之初，迵同大虛，虛同為一，恆一而止」，同樣是以
> 「恆先」表示「道」〔註3〕。

道家的主流觀念大都主張矛盾對立的觀念，其實是統一互補的，李文所謂
「天下的矛盾概念皆有先後，如中為外先，小為大先，柔為剛先，圓為方先，
晦為明先，短為長先」，在道家文獻中似乎找不到類似的觀念；而「物先」這個
詞也實在很不好懂。龐樸先生〈恆先試讀〉很快地提出了簡序調整的意見，把
簡8、9調到簡4的後面，把原文斷讀作：

> 察察天地，紛紛而【簡四】多采：物先者有善，有治無亂；有人
> 焉有不善，亂出於人。先有中，焉有外。先有小，焉有大。先有柔，
> 焉【簡八】有剛。先有圓，焉有方。先有晦，焉有明。先有短，焉
> 有長。

釋云：

> 物先，萬物之先，先於物者。彼時有善無惡、有治無亂。有人焉
> 有不善：有人以後乃有不善。「先有中，焉有外」，這個先，似仍指
> 物先。故可以曰：物先者有中，有人焉有外。諸先之先，有終極之
> 先、絕對之先、涵蓋一切之先，是為恆先。〔註4〕

〔註2〕《上海博物館藏戰國楚竹書（三）》，頁295。
〔註3〕《上海博物館藏戰國楚竹書（三）》，頁287。
〔註4〕龐樸〈恆先試讀〉，簡帛研究網站（http://www.bamboosilk.org/），2002年4月22日。
　　　同一網址不再注出。

　　龐先生對簡序的調整應該是合理的，但是斷讀、詮釋仍然不是很明朗；而且承襲了「物先」這個詞，非常費解。其它各家大體都是依照李零先生的思路去解釋。如廖名春先生〈上博藏楚竹書《恆先》簡釋（修訂稿）〉一文云：

　　　　此段強調對立面有本末、先後之分。〔註5〕

　　曹峰先生的〈《恆先》編聯、分章、釋讀箚記〉把簡10調到簡8、9的前面，以為「中外、小大」等是一種具有道家思想傾向的指導現實政治的原則：

　　　　「先有中……焉有長」這一段看上去是抽象的原理，所以龐樸先生要把它放到前面第四簡後面去。但如果把它看作是一種具有道家思想傾向的指導現實政治的原則，就不覺得唐突了。這一政治原則顯然是突出和重視「中」、「小」、「柔」、「圓」、「晦」、「短」的一面，這種傾向也多見於馬王堆老子乙本卷前古逸書《十大經》等文獻中，在此不作詳細討論。〔註6〕

　　所謂「這一政治原則顯然是突出和重視『中』、『小』、『柔』、『圓』、『晦』、『短』的一面」，衡諸全文，其實是不存在的。丁四新先生〈楚簡《恆先》章句釋義〉遵從龐樸先生的簡序，非常仔細地把先秦兩漢道家文獻中有關中外、小大等次序意義的相關論述找了出來：

　　　　「先有中，焉有外。……先有短，焉有長」，這段話論述了萬物的生成具有中外、小大、柔剛、圓方、晦明、短長的先後次序（規律性）。小大、柔剛、短長的順序，在《老子》中都已說到。《老子》第30章：「物壯則老，是謂不道。不道早已。」第63章：「圖難於其易，爲大於其細。天下難事，必作於易；天下大事，必作於細。」第64章：「合抱之木，生於毫末；九層之臺，起於累土；千里之行，始於足下。」第76章：「人之生也柔弱，其死也堅強。萬物草木之生也柔脆，其死也枯槁。故堅強者，死之徒；柔弱者，生之徒。」但是，很明顯老子的論述角度和目的，與《恆先》不同。晦明的次序，除《恆先》外，其他先秦文獻似乎並沒有明確指出。……圓方

〔註5〕廖名春〈上博藏楚竹書《恆先》簡釋（修訂稿）〉，孔子2000網站（http://www.confucius2000.com/），2004年4月22日。
〔註6〕曹峰〈《恆先》編聯、分章、釋讀箚記〉，簡帛研究網站，2004年5月16日。

之序，當是指天圓地方之序。竹簡《太一生水》:「太一生水，水反輔太一，是以成天。天反輔太一，是以成地。」顯然，天圓者先生，地方者後成。這一思想，又見於《淮南子・天文》:「清妙之合專易，重濁之凝竭難。故天先成而地後定。」同樣敘說「先有圓，後有方」之序，但二者的具體解釋並不一樣。而〈恆先〉的解釋，當近於《天文》。中外之說，《淮南子》一書多見，如《原道》:「外與物化，而內不失其情。」該篇又說:「通於神明者，得其內者也。是故以中制外，百事不廢。中能得之，則外能收之。中之得則五臟寧，思慮平。」《淮南子》的所謂中外，大抵指一體之內，神形之分。中者神也，外者形也。與〈恆先〉的中外之義，顯然不同。疑竹簡的「中」指「性」，「外」指具體的事物。竹簡所謂中外、小大、柔剛、圓方、晦明、短長，從下文的「天道既載」一句來看，顯然是從現象生成之序次的角度，論說具體事物的一般生成規律的。上一章說到「性」與物生的關係，著重論說具體事物差異性的本原；而此章這幾句話，則著重從現象的角度論說具體事物生成的一般規律。二者有所不同。
〔註7〕

除了「晦明」次序的文獻旁證找不到外，其餘都找相關（無論其相關的程度如何）的文獻旁證，不過，他也承認〈恆先〉與《老子》、《淮南子》等文獻旁證的主要論點仍有不同。

以上諸家，無論從什麼角度去談，對本節的義理詮釋都還有不少問題解決不了。最大的問題是：道家談矛盾對立，目的往往是強調其統一義，如《老子》第 2 章說:「有無相生，難易相成，長短相形，高下相傾，音聲相和，前後相隨。」很少是強調其次序義的。也就是說，把「中外、小大」等解成具體事物生成的一般規律，其實是不符合道家的主要論點，也不符合〈恆先〉的全篇大義。

其次，對哲學專家們而言，「中外、小大」等具體事物生成的規律，應該是層次較低的一般常識，〈恆先〉全文含重文一共只有439字，在這麼精練的文章中，有必要花36字、大約是全篇的十二分之一的篇幅來敘述一般常識嗎？更何

〔註 7〕丁四新〈楚簡《恆先》章句釋義〉，簡帛研究網站，2004 年 7 月 25 日。

況從章法結構的角度來看，無論是原考釋的簡序、或是龐樸先生的簡序，這一小節與前後的銜接都不是很順暢。依原簡序，簡 7 談「舉天之事自作為」、簡 10 談「舉天下之名虛樹」及「舉天下之作」、簡 11 談「舉天下之為」、簡 12 談「天下之作」，體例相當整齊，思想內容也都是單一具體事物的詮釋；中間不應該又插入一段比較適合放在文章前半的通論性文字。依龐樸先生的簡序，簡 4 是講氣生天地，下接簡 8 講「中外、小大」，文字內容性質好像還算接近，雖然不合道家的主要思想（勉強說成〈恆先〉一人一派的思想，則顯得〈恆先〉並不是最好的哲學作品）。但在「中外、小大」之前插入一句「有人焉有不善」，則頗為突兀，讓前後的敘述活生生地被切斷。

比較合理的講法，其實很早就有學者提出來了，董珊先生〈恆先初探〉遵從原考釋的簡序，解釋云：

> 天地萬物原本是統一體，並無中外、小大、柔剛、圓方、晦明、短長之分，這些分別，是人為地區分和對立，看起來好像是「治」，實則是「亂」，因此是「不善」；而未分狀態的眾多綵物，遵循自然之道而一體無別，才是真正的「治」，因此是「善」。由此可見《恆先》作者反對人為，主張無為而萬物因循其自然。《老子》說「有無相生，難易相成，長短相形，高下相傾，音聲相和，前〈先〉後相隨。是以聖人處無為之事，行不言之教。萬物作而不辭，生而不有，為而不恃，成功不居，夫唯不居，是以不去」，跟《恆先》思想一致。

〔註8〕

董珊先生對這一節的義理詮釋講得相當好。但是，因為採用原考釋的簡序的關係，所以導致簡 7「祥宜、利巧、綵物出於作，作焉有事，不作無事」、「舉天之事自作為」等敘述已經開始講人文世界的名言作為了，其後突然又插入一段講原則性的對立的統一的文字，顯得義理不是很流暢。比董文晚幾天發表，劉信芳先生在〈上博藏竹書《恆先》試解〉一文中，採用龐樸先生的簡序，也認為「中外、小大」等論述是指人為的分別對待：

> 在人之先，中外、小大、柔剛、圓方、晦明、短長統統是「一」，原本是渾沌的，和諧的，人類文明的發展認識了這些對立，利用這

些對立，並由此生出「亂」來。龐朴先生云：「這個先，似仍指物先。故可以曰：物先者有中，有人焉有外。」按：中外、小大、柔剛、圓方、晦明、短長是相對而言的，原本無先後，當著我們確立某一點為「中」，於是就有了「外」。因而「中」、「外」似不能理解為「物先」與「有人」的先後關係。〔註9〕

劉文採用龐樸先生的簡序，對義理的解釋最妥貼。但是，劉文沒有詳細說明，如果依照這個簡序，「中外、小大」等之前是「業業天地，紛紛而多采物。先者有善，有治無亂；有人焉有不善，亂出於人」，為什麼在講原則性的統一和諧之中，要插入一段「人」在搗亂的文字，感覺上〈恆先〉這樣的敘述似乎也不是很精煉。因此哲學界似乎不太重視董、劉的說法。例如陳麗桂先生在2005 年底發表的〈從出土簡帛文獻看戰國楚道家的道論及其相關問題——以帛書〈道原〉、〈太一生水〉與〈恆先〉為核心〉一文仍從舊說：

除了義利、禮物之作外，針對經驗世界中，如《老子》所說的對立名言——中外、小大、剛柔、方圓、晦明、長短等等的建置，〈亙先〉也逐一判定其先後，而作了先中後外、先小後大、先柔後剛、先圓後方、先晦後明、先短後長的結論。其實，這些在《老子》原本是對立同時相生的，〈亙先〉卻作了似乎是先陰後陽之類的判定。相較於《老子》之主無名，〈亙先〉基本上是極其肯定名言建置在人事世界的重要性與功能性的。〔註10〕

既然指出「這些在《老子》原本是對立同時相生的，〈亙先〉卻作了似乎是先陰後陽之類的判定」，一定也知道這種歧異是很嚴重的大問題。但是因為找不出解決之道，所以也都沒有人肯明白地指出這樣詮釋〈恆先〉是有問題的。

我們認為，董、劉之說是對的，但是當時古文字學界對〈恆先〉全篇的基本文字辨識、文義疏通都還沒有處理完，所以二家之說未能廣為哲學界接受。現在，〈恆先〉的文字辨識、文義疏通，大體已經完成，我們認為，只要把簡

〔註9〕劉信芳〈上博藏竹簡恆先試解〉，簡帛研究網站，2004 年 5 月 16 日。

〔註10〕陳麗桂〈從出土簡帛文獻看戰國楚道家的道論及其相關問題——以帛書〈道原〉、〈太一生水〉與〈恆先〉為核心〉，「出土簡帛文獻古代學術國際研討會」，簡帛資料文哲研讀會、政治大學中文系、中研院文哲所合辦，台北：政治大學中文系，2005 年 12 月 2～3 日。

4、8、9等的文章結構釐清楚，其思想內容便容易明白了。這一段文字應該這麼讀：

> 業業天地，紛紛而【簡四】多綵物，先者有善，有治無亂。——
> 有人焉有不善，亂出於人：先有中，焉有外；先有小，焉有大；先
> 有柔，焉【簡八】有剛；先有圓，焉有方；先有晦，焉有明；先有
> 短，焉有長。

意思是：業業天地，從此紛紛然產生萬物。起先產生的，都是善的，它們的運作都依循恆之道，因此有治無亂。——有人以後才有不善，亂是由人類產生的：人類因為有了差別心，所以對世界萬有做出各種差別對待，如：因為先有中，然後有外的差別對待；因為先有小，然後有大的差別對待；因為先有柔，然後有剛的差別對待；因為先有圓，然後有方的差別對待；因為先有晦，然後有明的差別對待；因為先有短，然後有長的差別對待。

這一節的重點的不是在中外、小大的先後次序義，而應在其差別對待義。破折號「——」以上是〈恆先〉的主要論述；破折號「——」以下，是〈恆先〉作者隨文說解的話語。拿掉這一段說解的話，〈恆先〉的全文其實是更流暢的：

匡（濁）燹（氣）生坓（地），清燹（氣）生天。燹（氣）訐（信）神才（哉）！云＝（芸芸）相生，訐（信／伸）涅（盈）天坓（地），同出而異生（性），因生亓（其）所懲（欲）。

粦＝（業業）天坓（地），焚＝（紛紛）而【四】多采（綵）勿（物），先者又（有）善，又（有）絤（治）無䪞（亂）。

天道既載，佳（唯）一巳猶一，佳（唯）遧（復）呂（以）猶遧（復）。丞（互／恆）燹（氣）之生，因【九】遧（復）亓（其）所懲（欲）；明＝（明明）天行，佳（唯）遧（復）呂（以）不濿（廢）。智（知）既（既）而宄（荒）思不実（殄）。

古人寫書，很多都是要由師父傳授，而不是給人自己研讀的。所以在主要論述之後加上一段說解文字，而不加任何標點符號，在古人來說，並不造成釋讀的困難。

類似〈恆先〉這種隨文解說的論述，其實古書中是找得到例子的。我們如果把主要論述文字稱做「經」，把注解的文字稱做「解（或傳、箋、注、

說⋯⋯」），古代典籍中「經」和「解」的關係大概有以下四類：

第一類是經解分行。如《左傳》的「經」與「傳」，最早是各自為書，不在一塊兒的，《四庫全書總目・春秋左傳正義》云：「杜預《集解・序》稱『分經之年與傳之年相附，比其義類，各隨而解之。』陸德明《經典釋文》曰：『舊夫子之經與丘明之傳各異，杜氏合而釋之。』則《左傳》又自有經。」這說明了《左傳》是詮解《春秋》經的，而《左傳》與《春秋》經二者是各自分行（《公羊傳》、《穀梁傳》也是這樣）。其他如《禮記》應該是《禮經》（儀禮）的「記」，但與《禮經》分行。

第二類是經解同書異卷。如《墨子》有《經》與《經說》，《經說》完全是解釋《經》的，二者同在一本書，但是分屬不同卷：

> 《經》上第四十：「體：分于兼也。」《經說》上第四十二：「體：
>
> 若二之一、尺之端也。」

《管子》有〈牧民〉第一、〈形勢〉第二、〈立政〉第四〈九敗〉、〈版法〉第七、〈明法〉第四十六；又有〈牧民解〉第六十三（亡佚）、〈形勢解〉第六十四、〈立政九敗解〉第六十五、〈版法解〉第六十六、〈明法解〉第六十七，很明顯地後者旨在說解前者。其體例與《墨子》類似，都是在本書之中，既有主論、又有說解，但是二者分屬不同卷。

第三類是經解同書同卷。如《韓非子・內儲說上・七術》先總論「七術」，然後列出七節「經」，之後再列出七節「傳」以釋「經」。《韓非子・內儲說下・六微》的體例與〈內儲說上〉相同。〈外儲說〉則直接出「經」，然後出「傳」。「經」與「傳」有清楚的標識。

出土文獻中與此相類似的有《馬王堆帛書・五行》。《馬王堆・老子甲本卷後古佚書》中有〈五行〉，170 行至 214 行為「經」、215 行至 351 行為「說」，「經」與「說」二者沒有文字區別標識。〔註11〕

第四類是經解同卷間出。二者在同一書、同一卷，而經解間出，一句經、一節解，依次而下。如《大戴禮記・夏小正》：

> 啟蟄——言始發蟄也。

〔註11〕參龐樸《馬王堆帛書解開了思孟五行說之謎——帛書〈老子甲本〉卷後古佚古之一的初步研究》，《文物》1977 年 10 月。

　　魚陟負冰——陟，升也。負冰云者，言解蟄也。

　　「——」是我們加的現代標點符號。在「——」之前的部分可以稱之為經，就是文本的主要論述；「——」之後的部分是作者或本門派後學所加的解釋性的文字。〈恆先〉有幾節文字，其內容應如第四類經解同卷間出的體例。如果沒有加上「——」符號，後人並不是很容易看懂這種經與解的區別。〔註12〕

　　釐清這種經解並出，隨文解說的體例後，我們參酌時賢考釋的成果，把〈恆先〉全篇的釋文分段加上標題，做了以下的安排。一至四章可看成上篇，講的是形而上的部分；第五章可看成下篇，講的是形而下的部分，即把一至四章的原理落實到人文世界的指導原則〔註13〕。因為上篇的哲學思想，哲學家們有很多不同的想法，我們暫不附語譯，但每章加上標題，已經足以代表我們對該章內容的看法；下篇的意思比較明確，我們在注解中加上語譯，可以節省很多說明的篇幅。隨文解說的部分，我們用「——」標出，以便觀覽。

〈恆先〉全文

篇題

　　亙先【三背】

第一章　本章講道體最初的狀態

　　死（亙／恆）先無又（有），樸（質）〔註14〕、宵（靜）、虛。樸（質），大樸（質）；宵（靜），大宵（靜）；虛，大虛。自猒（厭）不自忍，或乍（作）。又（有）或安（焉）又=燰=（有氣，有氣）安（焉）又=又=（有有，有有）安（焉）又=台=（有始，有始）安（焉）又（有）遬（往）者。

　　未又（有）天陞（地），未【一】又（有）乍（作）行、出生，虛宵（靜）

〔註12〕同是經解間出，〈夏小正〉和〈恆先〉的說解性質並不相同。

〔註13〕最先提出上下篇之分的應該是曹鋒的〈從「自生」到「自爲」——《恆先》政治哲學探析〉，簡帛研究網站，2004 年 12 月 23 日。

〔註14〕用李零原考釋之說。學者或讀爲「樸」，從現有的楚文字材料來看，「樸」字右旁所從，下部沒有作「大」形的。但釋爲「樸」，義理也完全可通。

為戈（一）若〔註15〕，淢＝（寂寂）、夢＝（夢夢）、寈（靜）同，而未或明，未或茲（滋）生。

第二章　本章講氣

熨（氣）是自生，丞（亙／恆）莫生熨＝（氣。氣）是自生自复（作）。丞（亙／恆）熨（氣）之【二】生，不蜀（獨），又（有）與也。或，丞（亙／恆）安（焉）；生或者同安（焉）。

昏＝（昏昏）不盜（寧），求亓所生：異生異，鬼（歸）生鬼（歸），韋（違）生非＝（非，非）生韋（違），袞（襲）生袞（襲）〔註16〕，求慾（欲）自逡＝（復，復——）【三正】生之生行。

第三章　本章講氣生天地

压（濁）熨（氣）生陘（地），清熨（氣）生天。熨（氣）訐（信）神才（哉）！云＝（芸芸）相生，訐（信／伸）涅（盈）天陘（地），同出而異生（性），因生亓（其）所慾（欲）。

戁＝（業業）天陘（地），焚＝（紛紛）而【四】〔註17〕多采（綵）勿（物），先者又（有）善，又（有）絧（治）無蹈（亂）。——又（有）人安（焉）又（有）不善，蹈（亂）出於人：先又（有）申（中），安（焉）又（有）外；先又（有）少（小），安（焉）又（有）大；先又（有）矛（柔），安（焉）【八】又（有）剛；先又（有）囩（圓），安（焉）又（有）枋（方）；先又（有）眛（晦），安（焉）又（有）明；先又（有）耑（短），安（焉）

〔註15〕「若」，狀詞詞尾，「ＸＸ若」等於「ＸＸ然」。一般把「若」字屬下，讀成「若寂寂、夢夢、靜同」，我們以為道體寂然未發時的狀態就是「質、靜、虛」，也就是「寂寂、夢夢、靜同」，而不是「若寂寂、夢夢、靜同」。

〔註16〕「異生異」等五生，李學勤指出：「異」是區別，「歸」是趨同，「韋生非，非韋」有倒文，當作「韋生韋，非生非」，違是離，非是否定，依是肯定。（見李銳〈恆先淺釋〉引，孔子2000網站，2004年4月17日；劉信芳〈上博藏竹書恒先試解〉（簡帛研究網站，2004年5月16日）以為「韋生非，非生韋」不誤，不需要改動。「袞」字董珊〈恆先初探〉（簡帛研究網站，2004年5月12日）以為又見甲骨卜辭，可能是襲、複、會三個字中的一個，其音義待考。拙見以為可釋「襲」，見《上海博物館藏戰國楚竹書（三）讀本》（〔台北〕萬卷樓圖書公司，2005年10月），頁218。

〔註17〕簡4下接簡8、9，用龐樸說，見〈恆先試讀〉，簡帛研究網站，2002年4月22日。

又（有）長。

天道既載，佳（唯）一已（以）猶一，佳（唯）遑（復）已（以）猶遑（復）。丕（亙／恆）叟（氣）之生，因【九】遑（復）亓（其）所懋（欲）；明＝（明明）天行，佳（唯）遑（復）已（以）不瀘（廢）。智（知）旣（既）而宍（荒）思不実（殄）。

第四章　本章講人文世界萬有的形成

又（有）出於或，生（性）出於又（有），音（意）出於生（性）〔註18〕，言出於音（意），名出於【五】言，事出於名。或非或，無胃（謂）或；又（有）非又（有），無胃（謂）又（有）；生（性）非生（性），無胃（謂）生（性）；音（意）非音（意），無胃（謂）音（意）；言非言，無胃（謂）言；名非【六】名，無胃（謂）名■；事非事，無胃（謂）事。

第五章　本章講人文世界名、事、作、為的指導原則

恙（祥）宜（義）、利丂（巧）、采（綵）勿（物）〔註19〕出於复＝（作，作）安（焉）又（有）事，不复（作）無事。——㘴（舉）天之事，自复（作）為，事甬（庸）已（以）不可賡也。〔註20〕

凡【七】言名，先者又（有）愆（疑），忘言之；遂（後）者癹（效）比安（焉）。——㘴（舉）天下之名，虛誣（樹），習已（以）不可改也。〔註21〕

〔註18〕音出於生，「音」字當讀為「意」，參拙作〈《上博三・恆先》「意出於生，言出於意」說〉，簡帛研究網站，2004 年 6 月 22 日。

〔註19〕詳宜、利巧，用董珊〈楚簡《恆先》「詳宜利巧」解釋〉（簡帛研究網站，2004 年 11 月 9 日）的隸定，用曹峰〈楚簡《恆先》「祥義利巧綵物出於作」解〉（簡帛研究網站，2004 年 12 月 26 日）的釋義。

〔註20〕本節可譯為：祥義、利巧、綵物這些都是出於人為的造作，有這些人為的造作就會帶來很多紛擾，沒有這些造作就沒有紛擾。——所有出於「天」的事都是自然發生的，有什麼是不能延續的呢？「——」以後的文字，很明顯地是對「——」以前文字的解說。

〔註21〕原考釋把「名先」當作一個詞，受到這個影響，各家對本節的解釋都推之太過，以致於和前後文難以銜接，全段變得很費解。本節的文字，加上「——」，區分經解之後，意義其實很清楚，全節可以語譯如下：所有的「名」，最先提出來的即使有疑問，只要大力地提倡，後來的人也就學習它、依附它了。——天下的「名」都是一個空虛的符號，大家只因為習慣了，也就不能更動

舉（舉）天下之复（作），強者果天下【十】之大复（作）■，亓（其）
尨不自若＝复＝（若作，若作），甬（庸）又（有）果與不果？兩者不灋
（廢）。〔註22〕

舉（舉）天下之為也，無夜（舍）也，無與也，而能自為也。【十一】
——舉（舉）天下之生，同也，亓（其）事無不逻（復）。〔註23〕

天下之复（作）也，無許（忤）亞（極）〔註24〕，無非亓（其）所。—
—舉（舉）天下之复（作）也，無不尋（得）亓（其）亞（極）而果述（遂），
甬（庸）或【十二】尋（得）之？甬（庸）或遊（失）之？

舉（舉）天下之名，無又（有）灋（廢）者與（歟）？天下之明王、
明君、明士，甬（庸）又（有）求而不患〔註25〕◣。【十三】

　　經過這樣的分章標記，〈恆先〉全篇的結構似乎比較統一而明朗，義理詮釋
似乎也比較清楚。如果把所有說解的部分拿掉，完全不會影響〈恆先〉的義理
架構；相反地，如果把說解的部分跟主論部分一視同仁，順著解讀，則全文的

〔註22〕本節可語譯為：天下所有的作為，其中的大作為都由強者包辦了。其實強者也是糊
　　　　裡糊塗不是完全由自己規畫完成的，如果是完全由自己規畫的，那有什麼完成不完
　　　　成呢？不過，人也不可以不有所作為，自然與人為兩者都不可偏廢。「　尨」一詞，
　　　　目前還沒有很好的解釋，此以意推耳。

〔註23〕本節可語譯為：所有天下的「為」，無論我們是捨棄不顧，或者積極參，它都會自
　　　　然完成。——（因為）天下所有事物的發生，其本質根源都是一樣的，都必須自己
　　　　不斷地回復（往返）於本根之氣之中。「舉天下之生（性），同也，其事無不復」，
　　　　這是一句泛論性的敘述，不應放在〈恆先〉下半專指性的論述中，如果不把它看成
　　　　是對「——」前面文字的解說，本句就顯得很突兀。
　　　　另外，丁四新〈楚簡《恆先》章句釋義〉指出據〈恆先〉用字可知，「為」與「作」
　　　　的意義不同：「『作』，著重於創作、創立的方面；『為』，則著重於行為活動之義。」
　　　　其說甚是。據此，《郭店・老子甲》簡1「絕為棄作，民復季子」的「為」與「作」
　　　　意義並不重複，「作」似可不必視為「慮」的錯字。

〔註24〕「亞」原隸作「重」，李銳〈恆先淺釋〉謂當隸為「亞（極）」，甚是。本節可語譯
　　　　為：天下的作為，只要不違反自然之道，就會各得其所，自然完成。——所有天
　　　　下的作為，都依循自然之道而各得其所、成就其功，那有人類所謂的什麼得、什
　　　　麼失呢？

〔註25〕「患」，原隸「慮」，劉信芳〈上博藏竹簡恆先試解〉（簡帛研究網站，2004年5月16
　　　　日）指出：「原簡該字稍殘，下從心，心上之二口有豎畫穿出（下口中的豎畫尤明顯），
　　　　有可能是『患』字。」案：劉說是，戰國楚系文字「慮」不作「忌」形，參拙作〈從
　　　　「求而不患」談《上博三・恆先》後半部的釋讀〉（「新出土文獻與先秦思想重構國際
　　　　學術研討會」論文，中研院文哲所、台大哲學系、輔大文學院、東吳哲學系合辦，
　　　　2005年3月25～26日）。本節可語譯為：天下所有的「名」，難道沒有毀廢的嗎？天
　　　　下的明王、明君、明士，看起來英明過人，那有求名而能不遭遇憂患的呢？

義理敘述就會變得很不連貫。由此看來，隨文說解的體例在〈恆先〉一文不但是可以成立的，而且應該是解讀〈恆先〉一個重要的認識〔註26〕。我們甚至於還應該檢視其它文本，是否也存在著這種未被發覺的說解體例。

2006 年元旦定稿，3 月 8 日修訂完稿；刊登於武漢大學《簡帛》第一輯，2006 年 10 月。

〔註26〕顧史考〈上博竹書〈恒先〉簡序調整一則〉（簡帛研究網站，2004 年 5 月 8 日）把簡 4 調到簡 3 之前，變成「求欲自復。復，（簡 3）復其所欲。明明天行，唯復以不廢。……（簡 5）」，並在補注三說：「簡三末端『復』字下有重文符號，簡五頭端則又有一『復』字，今估視為三字連讀，而將『復，復其所欲』視為『復者，復其所欲也』一類的解釋句。」這個看法和拙文相類似，同樣認為〈恆先〉中有隨文解說的體例。

《柬大王泊旱》解題

提　要

　　《上博四‧柬大王泊旱》是一篇很有意義的文章，學者多以為本篇首句（即篇題）的「簡大王泊旱」是指簡大王舉行祭祀以禳除旱災，故或讀「泊」為「酺」、為「雩」、為「祓」、為「百」。本文除了分別指出以上諸說的問題之外，並且從全篇釋讀說明〈柬大王泊旱〉前半的主要內容是柬大王因天乾日曬而生病，占卜應祭何種名山大川以禳病，君臣之間並引發簡省禮儀的爭執。後半才導入旱災的敘述。因此首句的「泊」字應釋為「敀」或「迫」。

　　關鍵字：泊、酺、雩、祓、敀、迫、楚簡王、大旱、殺祭

　　《上博四‧柬大王泊旱》是一篇很有意思的文章，《上博四》出版之後，學者們對之多有討論，提出了很多寶貴的意見，但是，還有一些比較費解的部分，目前還沒有一致的共識，全篇首句、原考釋者濮茅左先生以之為篇題的「柬大王泊旱」就是其中之一。

　　柬大王即簡王，原考釋者濮茅左先生已經做了很清楚的解釋；第五字原從水、從狀、從旱（後二者皆聲），讀為「乾旱」之「旱」，學者都沒有異議。比較有爭議的是「泊旱」的「泊」。

　　濮茅左先生原考釋引《集韻》、《廣韻》釋「泊」為「止」；或讀為「怕」，謂

「王患疥瘡病，疥瘡病唇燥口渴，奇癢，故也怕乾旱」。據此，濮先生對篇題的理解似乎有二，第一解謂本篇為「柬大王止旱」，第二解謂本篇為「柬大王怕乾旱」。

孟蓬生先生〈上博竹書（四）閒詁〉主張「泊」應假借為「酺」：

> 今按：「泊」的「止」義即「停泊」義較為後起，「怕」字上古也不用作「害怕」之「怕」，而是「澹泊名利」之「泊」，而上古的「怕」義實際上是由「怖」來表示的。古音「白聲」、「父（甫從父聲）」相通。《周禮・天官・醢人》：「豚拍魚醢。」鄭注：「鄭大夫、杜子春皆以拍為膊。」《老子》：「夫禮者忠信之薄而亂之首。」馬王堆漢墓帛書《老子》乙本「薄」作「泊」。本書《曹沫之陳》簡54：「賍（重）賞而泊型。」「泊」即「薄」字。字有古今本借而已。此處的「泊」當用為祭名，實即《周禮》的「酺」字，其法與雩祭或禜祭類似。《周禮・地官・族師》：「春秋祭酺亦如之。」鄭注：「酺者，為人菑害之神也。故書酺或為步。杜子春云，當為酺。玄謂，校人職又有冬祭馬步，則未知此世所云螟螣之步與，人鬼之步與？蓋亦為壇位如雩禜云。」孫詒讓《正義》云：「字書酺字無祭神之義，鄭以《黨正》雩禜及漢法約之，知酺亦與人物為菑害之神也。……後世沿襲，遂以酺為會飲，而失其祭神之義，乃與醵無重[註1]復分別，非其本也。」《說文・示部》：「設綿蕝為營以禳風雨雪霜水旱癘疫於日月星辰山川也。從示，榮省聲。一曰：禜衛使災不生。《禮記》曰：雩禜祭水旱。」本文祭[註2]楚簡王為請命，不惜在烈日下親自祭祀與占卜，因而灼傷之事，簡文稱藉故事中人物之口稱「簡王」為「元君」，良有以也。本文主旨似並不如濮先生所說是楚簡王因為自己有病而舉行祭祀。本簡「泊」字訓釋至關重要，不但有助於我們理解本文的主旨，也有助於我們瞭解古代的酺祭之禮。[註3]

孟說指出「泊」無論釋為「止」或讀為「怕」其義都晚起，這是對的。因此孟說把「泊」讀為「酺」。《周禮・地官・族師》讀為「酺」，關於「酺」的意義，

〔註1〕「重」字冗，當為誤植。
〔註2〕「祭」當為「記」之誤。
〔註3〕孟蓬生〈上博竹書（四）閒詁〉，簡帛研究網，2005 年 2 月 15 日首發。

鄭注其實已經不太清楚了：

> 酺者，為人裁害之神也。故書酺或為步。杜子春云，當為酺。玄謂，校人職又有冬祭馬步，則未知此世所云螟蟲之步與，人鬼之步與？蓋亦為壇位如雩禜云。

依鄭玄的意思，酺是一種帶給人們災害的神，故書或作「步」，而《周禮・夏官・校人》有「馬步」這種神，會給馬帶來災害，所以鄭玄說：不知道「酺」比較像漢代的「螟蟲之步」（害物之神）呢？還是比較像漢代的「人鬼之步」（害人之神）？如果酺是祭旱，應該是屬於比較常見的禮儀，不會連鄭玄都弄不清楚。

由此看來，「酺」只是一帶給人們災害的惡神，或害馬、或害稻禾等。目前看不到有任何與「旱災」有關的可能。

董珊先生〈讀《上博藏戰國楚竹書（四）》雜記〉讀為「雩」：

> 從文義上說，「泊」讀為「雩」應較為直捷。從語音上看，泊、雩都是魚部字，聲類似遠隔。但可以加以疏通。
>
> 「𢄢」，《說文》云：「履也。一曰：青絲頭履也。讀若阡陌之陌。從糸、戶聲」。又「雇」字亦從「戶」聲，《說文》「雇」字或體作「鶚」，解說謂「雇或從雩」，其實當看作從「雩」為聲符。由這兩個從「戶」聲的字為樞紐，「雩」、「陌」也可以音系相通，而「陌」所從之聲符「百」，跟「泊」之聲符「白」聲系字常常可以相通。
>
> 由此可見，「泊」確有可能就讀為「雩」。〔註4〕

董說的通讀較為曲折，這一點姑且不談。雩跟旱災的關係看起來確實比較密切，《周禮・春官・司巫》：

> 司巫，掌群巫之政令，若國大旱，則帥巫而舞雩。

又《春官・女巫》：

> 女巫，掌歲時祓除釁浴，旱暵，則舞雩。

甲骨學者以為殷代已有求雨之祭，陳夢家《卜辭綜述》分成舞、霝、㞢舞、奏舞、靈舞等，並云：

〔註4〕董珊〈讀《上博藏戰國楚竹書（四）》雜記〉，簡帛研究網，2005 年 2 月 20 日首發。

卜辭舞作 🔣 或 🔣，象人兩袖舞形，巫祝之巫乃「無」字所衍變，《說文》：「巫，巫祝也，女能事無形以舞降神者也。象人兩袖舞形。」……《墨子・明鬼》篇引〈湯之官刑〉曰：「恆舞於宮，謂之巫風。」巫之所事及舞號以降求雨，名其舞者曰巫，名其動作曰舞，名其求之祭祀行為曰雩。《說文》：「雩，夏祭樂於赤帝以祈甘雨也。」《月令》「大雩帝，用盛樂」，鄭注云：「雩，吁嗟求雨之祭也。」《爾雅・釋訓》：「舞，號雩也。」郭注云：「雩之祭，舞者吁嗟而請雨。」《釋文》引孫炎云：「雩之祭有舞有號。」《周禮・春官・司巫》：「司巫，掌群巫之政令，若國大旱，則帥巫而舞雩。」注云：「雩，旱祭也。」凡此所說祈甘雨、求雨、請雨、旱祭等，皆是雩的行為，而吁嗟與號則是舞時之歌。巫、舞、雩、吁都是同音的，都是從求雨之祭而分衍出來的。〔註5〕

陳說有些細部，學者看法也許不盡相同，但所說大體可從。殷代有求雨之祭，如《金》638「乎舞，出雨？ 乎舞，亡雨？」而舞、靐、靈和周代舞雩求雨的關係顯然是非常密切的。

周代求雨之祭名雩，其禮有二：常雩在周正六月，即《左傳・桓公五年》「龍見而雩」；旱雩則因旱而祭，禮無定時，據《春秋》，多在周正七、八、九月。見諸周代典籍的「雩」，大體如此。《荀子・天論》：「雩而雨，何也？曰：無何也，猶不雩而雨也。日月食而救之，天旱而雩，卜筮然後決大事，非以為得求也，以文之也。故君子以為文，而百姓以為神。」我們可以依照《荀子》的「天旱而雩」把「泊旱」讀為「雩旱」。從這裡來看，董說似不無可能。

但是，雩基本上是一種舞蹈型式的求雨之祭，《公羊傳・桓公五年》「大雩者何？旱祭也」何注：「雩，旱請雨，祭名。……使童男女各八人舞而呼雩，故謂之雩。」可是，我們在〈柬大王泊旱〉中從首至尾，看不到任何與舞有關的敘述。可見得把「泊」讀為「雩」，也是有問題的。而且，董說的聲韻通讀旁證太少，通讀較險。

周鳳五先生在〈重編新釋上博四〈簡大王泊旱〉〉〔註6〕的釋文中括號注讀

〔註5〕陳夢家《卜辭綜述・第十七章宗教・第七節求雨之祭》（北京：科學出版社，1956年7月），頁599～603。

〔註6〕周鳳五〈重編新釋上博四〈簡大王泊旱〉〉，2005年2月18日「新出土楚竹書研讀

為「祓」，後來在〈上博簡《柬大王泊旱》重探〉說：

> 泊，古音並紐鐸部；祓，幫紐月部，音近可通。祓，除也。《說
> 文》：「祓，除惡祭也。」《詩·大雅·生民》：「克禋克祀，以弗無
> 子。」鄭箋：「弗之言祓也。姜嫄之生，后稷如何乎，乃禋祀上帝
> 於郊禖，以祓除其無子之疾而得其福也。」《周禮·春官·女巫》
> 「女巫掌歲時祓除釁浴」鄭《注》：「歲時祓除，如今三月上巳如水
> 上之類。」簡文「祓旱」指舉行祭祀來祓除旱災。〔註7〕

陳偉先生〈《簡大王泊旱》新研〉〔註8〕以為此說「似可從」。可是，「泊」
上古音在並紐鐸部，「祓」上古音在並紐月部，月鐸旁轉，先秦韻語未之見，至
東漢始通。〔註9〕其次，我們檢看文獻「祓」字的解釋主要是「除凶以得福」之
禮，如《周禮·春官·女巫》：

> 女巫掌歲時祓除釁浴。

鄭《注》：

> 歲時祓除，如今三月上巳如水上之類。

《毛詩·大雅·生民》字作「弗」〔註10〕：

> 厥初生民，時維姜嫄，以弗無子，生民如何？克禋克祀，以弗
> 無子。

毛傳釋「弗」為「去」，去無子，求有子：

> 禋，敬。弗，去也，去無子，求有子，古者必立郊禖焉，玄鳥至
> 之日以大牢祠于郊禖，天子親往，后妃率九嬪御。乃禮天子所御，
> 帶以弓韣，授以弓矢，于郊禖之前。

鄭箋讀「弗」為「祓」，為祓除之義：

> 弗之言祓也。姜嫄之生后稷如何乎？乃禋祀上帝於郊禖，以祓

會」講；2005 年 2 月 23 日高雄·中山大學中文系講。

〔註7〕周鳳五〈上博簡《柬大王泊旱》重探〉，武漢大學簡帛研究中心主辦《簡帛》第一
輯（上海：上海古籍出版社，2006 年 10 月），頁 119～136。

〔註8〕陳偉〈《簡大王泊旱》新研〉，武漢大學簡帛網，2006 年 11 月 22 日首發。

〔註9〕參陳師新雄《古音學發微》（台灣師大博士論文，1972 年嘉新水泥公司文化基金會
叢書），頁 1057。

〔註10〕弗，上古音屬非紐沒部，與祓（月部）旁轉，參陳師新雄《古音學發微》，頁 1056。

除其無子之疾而得其福也。

孔穎達《正義》把鄭箋「弗之言祓也」闡釋得很清楚：

> 《釋詁》云：「祓，福也。」孫炎曰：「祓，除之福。」《周語》云：「祓除其心。」〈女巫〉云：「祓除釁浴。」《左傳》：「祓社釁鼓。」〈檀弓〉云：「巫先祓柩。」皆祓除凶惡，義取祓去，故云「弗之言祓也」。

《毛詩·大雅·生民》又有「軷」字，是祭道路之神，除惡以祈福：

> 載謀載惟，取蕭祭脂，取羝以軷，載燔載烈。以興嗣歲。

毛傳：

> 軷，道祭也。

又見《儀禮·聘禮》：

> 出祖釋軷，祭酒脯，乃飲酒于其側，所以朝天子。

鄭注：

> 祖，始也。既受聘享之禮，行出國門，止陳車騎，釋酒脯之奠於軷，為行始也。《詩》傳曰：「軷，道祭也。」謂祭道路之神。《春秋傳》曰：「軷涉山川。」然則軷，山行之名也。道路以險阻為難，是以委土為山，或伏牲其上，使者為軷祭，酒脯祈告也。卿大夫處者，於是餞之，飲酒於其側。禮畢，乘車轢之而遂行，舍於近郊矣。其牲，犬羊可也。古文軷作祓。

綜觀「祓」所除的對象，似乎不包括「旱」。

最近，何有祖先生〈新蔡簡「百之」試解〉同意周說，主張新蔡簡的「百之」的「百」應該與「泊旱」的「泊」一樣讀做「祓」：

> 總的來說周文將「泊」讀作「祓」的意見較為可取的。典籍談到雩祭也使用「說」字。如《淮南子·泰族》「禱祠而求福，雩兌而請雨」，許慎注：「兌，說也。」《墨子·兼愛》「《湯說》……湯曰：『惟予小子履，敢用玄牡，告於上天后，曰：今天大旱，即當朕身履……萬方有罪，即當朕身；朕身有罪，無及萬方。』」言湯不憚以身為犧牲，以祠說於上帝鬼神。「泊」、「說」當用法接近。

　　我們在楚地日書中發現了一個「百」用作「祓除」之意的例子，《睡虎地秦墓竹簡・日書甲種》一一正貳有「利以兌（說）明（盟）組（詛）、百不羊（祥）。」與之相似的例子還有：《日書甲種》「毆（驅）其央（殃），去其不羊（祥）」、「利以除凶厲，兌（說）不羊（祥）」。其中「百不祥」與「去其不羊（祥）」、「兌（說）不羊（祥）」用意近似。但「百」自身并無此義項，當是與「泊」字一樣是讀作「祓」的。同時也說明了「泊（祓）」、「說」之間用法的確有相似之處。

　　可見，「百之」其實可以讀作「祓之」，與「樂之」、「貢之」連用，當是在指在娛神的同時向神祈福以消除災咎。這個組合雖是在祭禱程序的後段，但却是體現成效的關鍵部分。〔註11〕

　　文章首發之後的第二天，2007 年 1 月 24 日簡帛論壇上有署名「不求甚解」提出不同看法，以為《日書》的「百不祥」一般解同「百凶」；而「百之」如解成「祓旱」，和「樂之」、「貢之」不平行。何先生在 1 月 31 日很快地有了回應，以為〈柬大王泊旱〉的「泊」字應該讀為《日書》的「百」，而《日書》的「百不祥」與「兌（說）不祥」意義用法相近。

　　「不求甚解」先生的這兩個意見，和我的看法一樣。睡虎地簡的「利以兌（說）明（盟）組（詛）、百不羊（祥）」和「利以除凶厲，兌（說）不羊（祥）」句法雖然看似相同，但並不能因此說「百」字和「兌」字的用法一定同類，一般讀「利以兌（說）明（盟）組（詛）、百不羊（祥）」，二小句中間加頓號，是把「百不祥」看成和「盟詛」同類，「百不祥」即「各種不祥」，似乎也解得通。由此看來，「百」未必可以解成「祓」，而新蔡簡的「百之」也許可以再討論。此外，何有祖先生更重要依據之一是〈柬大王泊旱〉的「泊」字解成「祓」，這一點，我個人有點不同的看法。

　　要解釋〈柬大王泊旱〉的「泊」字，最直接的辦法，其實是看簡文。以下簡文隸定用寬式，簡序、採用各家說從略（可以參考陳偉先生《簡大王泊旱》新研，鄙見詳參即將出版的《上博四讀本》）：

〔註11〕何有祖〈新蔡簡「百之」試解〉，武漢大學簡帛網，2007 年 1 月 23 日首發。

簡大王泊（敀／迫）旱，命龜尹羅貞於大夏。王自臨卜。王向日而立，王滄（汗）至【一】帶。龜尹知王之炙於日而病，蓋躲愈夭。釐尹知王之病，承龜尹速卜【二】高山深溪。

王以問釐尹高：「不穀燥甚病，驟夢高山深溪，吾所得【八】地於膚（莒？）中者，無有名山名溪。欲祭於楚邦者乎，尚蔽而卜之於【三】大夏。如乎，將祭之。」釐尹許諾，蔽而卜之，乎。釐尹致命於君王：「既蔽【四】而卜之，乎。」王曰：「如乎，速祭之，吾燥一病。」釐尹答曰：「楚邦有常故，【五】焉敢殺祭？以君王之身殺祭，未嘗有。」

王入，以告安君與陵尹、子高：「向爲【七】私便，人將笑君。」陵尹、釐尹皆持其言以告太宰：「君聖人，且良長子，將正【一九】於君。」太宰謂陵尹：「君入而語僕之言於君王，君王之燥從今日以瘳。」陵尹與【二十】釐尹：「有故乎？願聞之。」太宰言：「君王元君，不以其身變釐尹之常故；釐尹【二一】爲楚邦之鬼神主，不敢以君王之身變亂鬼神之常故。夫上帝鬼神高明【六】甚，將必知之。君王之病將從今日以已。」

令尹子林問於太宰子止：「爲人【二二】臣者亦有爭乎？」太宰答曰：「君王元君，君善，大夫何用爭。」令尹謂太宰：「唯。【二三】必三軍有大事，邦家以杌隉，社稷以危歟？邦家大旱，因資智於邦。」【一八】將爲客告。太宰乃而謂之：「君皆楚邦之將軍，作色而言於廷，王事何【一七】……【缺簡】

王諾，將鼓而涉之，王夢三。闉未啓，王以告相徙與中余：「今夕不穀【九】夢若此，何？」相徙、中余答：「君王當以問太宰晉侯，彼聖人之子孫。」「將必【十】鼓而涉之，此何？」太宰進，答：「此所謂之『旱母』，帝將命之修諸侯之君之不【一一】能治者，而刑之以旱。夫雖毋旱，而百姓移以去邦家，此爲君者之刑。」【一二】

王仰而嘻，而泣謂太宰：「一人不能治政，而百姓以絕。」候太宰遜，返進【一四】太宰：「我何爲，歲焉熟？」太宰答：「如君王修郢郊，方若然里，君王毋敢栽大【一三】蓋；相徙、中余與五連小子及寵臣皆屬，毋敢執藻箠。」王許諾，修四郊【一五】三日，王有野色，屬者有喝人。三日，大雨，邦賴之。發馹蹠四疆，四疆皆熟。【一六】

語譯如下：

　　簡大王迫窘於乾旱而致病，命令龜尹羅用大夏貞卜，王親自參與貞卜的儀式。王向著太陽站立，王流汗流到腰帶。龜尹知道簡王被太陽曬得生病了，傘柄漸漸地傾向王。釐尹知道王生病，於是接著龜尹快速地卜問要祭那些高山深溪。

　　王問釐尹：「我病得很不舒服，我屢次夢到高山深溪（應該要祭莒中的高山深溪），但是莒中並沒有名山名溪，我想要改祭楚國的名山名溪，應該要蔽卜於大夏。如果神明同意，我將要祭楚國的名山名溪。」釐尹答應了，於是蔽卜，結果神明同意了。釐尹於是報告簡王：「我蔽卜後，神明同意了。」簡王說：「如果神明同意了，那麼就快速地舉行祭典吧！我熱得生病很嚴重了。」釐尹回答說：「楚國有一定的禮制，怎麼敢減省祭祀的規矩而快速地舉行祭祀？以君王的緣故而減省祭祀的規矩，這是楚國從來沒有過的。」

　　簡王進入宮內，告訴安君和陵尹、子高（釐尹）說：「之前你們也為了我私人的便利（改動正常程序快速地貞卜），別人也會譏笑你們。」陵尹、子高把這話告訴太宰，並且勸太宰說：「你是聖人，又是行為端正的長子，這件事應該可以由你來導正。」太宰告訴陵尹說：「你進到裡面把我的話告訴君王，就說君王的燥病從今天起會漸漸痊癒。」陵尹和釐尹說：「有理由嗎？我們想聽聽這理由。」太宰說：「君王是個好國君，不以他自身的需求而強要釐尹改變楚國禮制的傳統規矩；釐尹是楚國鬼神的主持者，不敢以君王的需求而改變楚國禮制的傳統規矩。上帝鬼神是非常高明的，一定會知道，所以君王的燥病從今天起會漸漸痊癒。」

　　令尹子林問太宰子止：「為人臣的，也有和君王抗爭的時候嗎？」太宰回答：「君王是個好國君，大夫何必抗爭？」令尹跟太宰說：「是啊！一定是三軍有大事，國家動盪，社稷因而危險不安，臣子才需要抗爭吧！現在國家遇到大旱，應該要向國中咨詢，取眾人之智以定應對措施。」於是將要去告訴客人。太宰起來說：「你們都是楚國的將軍，可以板起臉孔在朝廷上發言，王事……。」

　　王許諾，將要打著鼓涉過，王夢到三次這樣的情況。閨門還沒開，王就把這個夢告訴相徙和中余：「今天晚上我做這樣的夢，這表示什麼？」相徙和中余說：「君王應該去問太宰晉侯，他是聖人的子孫。」（王於是去問太宰晉侯）：

「一定要打著鼓涉過,這是為什麼?」太宰前進,回答道:「這就是『旱母』,上帝要藉著旱母來修治那些不能好好治理國家的君王,而以旱災來處罰他。縱然沒有旱災,而百姓遷移至其它國家,這也代表對國君的處罰。」王仰天而哭號,然後低聲哭著對太宰說:「一人不能治政,而讓百姓的生計斷絕。」等到太宰退下了,王又把太宰請進來,請教他:「我應該怎麼做?年成怎麼才能豐熟?」太宰告訴楚王說:「如果您能修祭郢都的四郊,大小像然里(?),整個行禮過程中君王不敢撐著大傘蓋;相徒、中余、五連小子,及寵臣們都跟著行禮,也不敢拿五采羽飾的大扇,(表示修祭的誠意)。」王答應修祭四郊三天,(開始修祭之後,)王有風塵之色,跟著修祭的近臣也有中暑的。三天之後,天上下了大雨,全國都得到大雨的滋潤。派出驛車到四疆去察看,四疆的農作物也都得到豐熟。

我們仔細看看簡文,從一開始,簡文講的是楚王生病的事,接著占卜、速祭,簡王和釐尹的爭執,太宰的調停,都是圍繞著簡王生病的事情,沒有一句話是談到簡王禳旱的事。從簡文體會,簡王這時還沒有體會到楚國旱已成災。

一直要到第四段,令尹子林問太宰「為人臣者亦有爭乎」,然後提醒太宰「邦家大旱,要因資智於邦」,才委婉地提醒太宰,楚國現在有旱災,為人臣子的應該要向君王力諫。

第五段,王夢三,請教太宰,太宰於是藉著解夢告訴簡王,王所夢的是「旱母」,「帝將命之修諸侯之君之不能治者,而刑之以旱⋯⋯,此為君者之刑」,簡王才理解旱災的嚴重,然後才接受太宰的建議,修郊祈雨。從文章的脈絡來看,一開始的「柬大王泊旱」與禳除旱災無關。本文前半的主旨似乎正如濮先生所說是楚簡王因為自己有病而舉行祭祀。因此,「柬大王泊旱」的「泊」字就不應該再朝禳災義去考慮。

那麼,「柬大王泊旱」應該怎麼解釋呢?鄙意認為,從前三段來看,文章既然講的簡王生病,而生病的原因應該就是「乾旱」,因此「泊」字似可考慮讀為「敀/迫」,《說文》「敀,迮也」,「迮,迫也」、「迫,近也」,換成現在的話說,「敀」就是「壓迫」、「窘迫」、「困窘」的意思。從字形結構看,「敀」字比較接近本字,不過現在通行字都用「迫」,引伸義也可以通用。

前引孟文指出本書《曹沫之陳》簡54:「重賞而泊型。」「泊」即「薄」字。旭昇案:此外,《容成氏》35B也有「厚愛而泊(薄)斂焉」。這都可以說明《上

博》簡的「泊」字不能照本字讀。根據《詩經》「薄言采之」等句法中的「薄」字也應該訓為「敀／迫」，因此〈柬大王泊旱〉的「泊」字仍然應該讀為「敀／迫」。這樣訓解，雖然轉了一個彎，不過，結論是一樣的。

「旱」指乾旱，天不下雨，太陽很大，簡王此時還沒有意識到旱災。「柬大王泊旱」可以解釋為：天不下雨，太陽很大，簡王被乾旱所困窘（因而生病）。完整地說，應該是「柬大王迫于旱」，古文這種句式的「于」字可以省略，如《史記・淮陰侯列傳》「漢王……敗〔于〕滎陽、傷〔于〕成皋」，「于」字都可以省略不寫。

原發表於「簡帛研究」網，2007 年 2 月 3 日；又武漢大學「簡帛網」，2007 年 2 月 3 日；刊登於《哲學與文化》34 卷 3 期，2007 年 4 月。2007 年 2 月 5 日修訂。

《上博五·鮑叔牙與隰朋之諫》
「篤歡附忨」解──兼談「錢器」

一、篤歡附忨

《上海博物館藏戰國楚竹書（五）·鮑叔牙與隰朋之諫》簡4原釋文：

庚民輔（怫）樂，籔（敦）諶（堪）伓（背）忎（願），皮（疲）

䘏（蔽）齊邦。

在注釋中釋「敦堪背願」為：違背天道的意願。

陳劍先生〈談談《上博五》的竹分篇拼合與編聯問題〉[註1]隸作「□民
轢（？獵？）樂，篤□伓忨，疲弊齊邦」，而未做進一步的解釋。袁金平先生
〈讀《上博（五）》箚記三則〉以為原考釋所隸「庚」字（袁文以A代表），實
從「弁」，讀為「鞭」，「轢」釋為「虐」，「弁（鞭）民獵樂」意謂豎刁、易牙
鞭撲威民，暴虐作樂。[註2]

旭昇案：原考釋所隸「庚」字，據照片可摹作「象」袁文改釋「弁」，基本
可從。此字上從「弁」下從「刃（與從刀同）」，可隸定為「剏」，釋為「鞭」可

〔註1〕陳劍〈談談《上博五》的竹分篇拼合與編聯問題〉，武漢大學簡帛網，2006年2月
19日首發。

〔註2〕袁金平〈讀《上博（五）》箚記三則〉，武漢大學簡帛網，2006年2月26日首發。
如依此解，「獵」字釋為「虐」，文義不順，似可直接釋為「取」。「鞭獵獵樂」謂「鞭
民取樂」、「鞭民為樂」。

從，加「刀」以強調其「鞭笞」虐刑之義。不過，把「弁民䜌樂」釋為「鞭民虐樂」，可能還要加上文獻的旁證，才能更具說服力。

原考釋所隸「篙（敦）遈（堪）伓（背）忎」一句，除了陳劍先生改隸為「篤口伓忨」之外，目前還沒看到有人加以說明。細查原考釋所隸「堪」字，字形作「」，與楚系文字「堪」字完全不同，其不得隸為「堪」，至為明顯。分析此字右上方所從「」字，上從「口」，下從「立」，唯「立」之末筆訛為「L」形，「L」形即《說文》卷十二下釋為「匿也，象杏曲隱蔽形」之「ㄣ」字，象建築區中一塊隱蔽的區域，「區」、「廷」等字往往從之，與「立」字下部象人所站立之區域取義類似，故楚簡書手可以把「立」字下方寫成「L」形。據此，「」之隸定當可作「咅」。此一字形或從此一字形之字見以下資料：

《包山楚簡》2.41：八月乙未之日，龔夫人之大夫番嬴受期，九月戊申之日不逗郘鄴以廷，阩門又敗。

《包山楚簡》2.48：九月戊申之日，龔夫人之大夫番嬴受期，癸亥之日不弇咅鄴以廷，阩門又敗。

《包山楚簡》2.188：戊寅，邷䠶、龔夫人之人郘鄴。

《包山楚簡》2.256：一弇。

《上海博物館藏戰國楚竹書（一）．緇衣》13：齊之以禮，則民有㤓心。

《包山楚簡》的「咅鄴」、「郘鄴」，根據文例，都是龔夫人的人，「咅」、「郘」二者顯為同字。據此，原考釋隸為「遈」的這個字似乎可以隸定為「逜」。

已往學者對「咅」字有一些說法，如黃錫全先生《湖北出土商周文字輯證》以為當是「吐」字；李零先生以為「此字疑同『咠』，而以音近讀為『恥』（『咠』是清母緝部字，『恥』是透母之部字，讀音相近），郭店本作『歡』，讀為『勸』，含義有別」〔註 3〕；趙建偉先生則疑其為「吳」字之訛寫〔註 4〕；從游鄒濬智則從黃錫全先生「土」、「立」通用之現象，以為楚簡此字當可釋為「呈」字之異體〔註 5〕。劉信芳先生釋《包山》256 句首字為「濂咅」，讀為

〔註 3〕李零《上博楚簡三篇校讀記》（臺北：萬卷樓，2002 年 3 月），頁 55。

〔註 4〕趙建偉〈「民有娛心」與「民有順心」說〉，簡帛研究，2003 年 8 月。

〔註 5〕鄒濬智〈《上海博物館藏戰國楚竹書（一）．緇衣》研究〉，台灣師範大學國文研究所碩士論文，2004 年 6 月。

「蔓藍」〔註6〕；何有祖先生則以為該字「可分作兩字，第一字從彳、萬、土，可隸作『薳』；第二字圖版作▨，似可隸定作『昱』。上博《緇衣》13 號簡有▨，與之形同。字似可看作從口、立，構字本義不明，郭店《緇衣》24 號簡與之對應的字作『懽（勸）』。包山 188 號簡▨，疑當讀為『酇』。」〔註7〕

　　以上這些說法都有一定的道理，不過，釋為「吐」、「咠」、「恥」、「吳」、「呈」、「岦」等放在《上博五》本簡，都不好講。何有祖先生據《郭店》與《上博》的對應，釋《包山》188「▨」字為「酇」，倒是可以用在《上博五》本簡。考《上博一・緇衣》簡 13 有「齊之以禮，則民有▨心」，同樣內容《郭店・緇衣》簡 24 作「齊之以禮，則民有懽心」，以我們對《郭店》、《上博》同一內容、同一文句中卻採用不同字形的詮釋經驗，這不同形的兩個字，往往就是同一個字的異體、或者通假字。如果這種對勘法可以成立，那麼《上博一・緇衣》的「▨」應當就讀為《郭店・緇衣》的「懽」字，雖然我們還解不出「昱」的構形本義，但是至少可以得出這樣的規律：從「昱」聲之字就可以和從「雚」聲之字通讀。據此，《上博五》本篇的「逞」字從「昱」得聲，當亦可讀「懽」，即「歡」。如果此說可以成立，「篤逞忨忢」可有三解，其一讀為「篤歡背願」，即「盡情歡樂，背離民願」，惟此說把「願」字解成「民願」，有增字解經之嫌；其二讀為「篤歡倍忨」，即「盡情歡樂，加倍貪求」，《廣雅・釋詁二》：「忨，貪也。」其三讀為「篤歡附忨」，即「盡情歡樂，親附貪頑」。第二、三解都可以說得過去。但第三說有本篇簡 3「逞人之忢者七百」「忢」字釋為「附」的內證支持，釋為齊桓公親附貪頑小人，也和史實比較接近。據此，「剂（鞭）民懺樂（？），篋（篤）逞（歡）忢（附）忢（忨），疲弊齊邦」謂：齊桓公以鞭民為樂（？），盡情歡樂，親附貪頑，使齊邦日益疲弊。

二、毋內錢器

　　《上海博物館藏戰國楚竹書（五）・鮑叔牙與隰朋之諫》簡 7＋3 原釋文云：

　　　　公乃身命祭，有司祭服毋紋，器必盟（盨）悬（視），毋內（入）
　　錢器，犟（犠）牲、珪璧必全，如耆伽（加）之昌（以）敬。

〔註6〕劉信芳《包山楚簡解詁》，頁 258、261。
〔註7〕何有祖〈包山楚簡試釋九則〉，武漢大學簡帛網，2005 年 12 月 15 日。

拙作〈《上博五・鮑叔牙與隰朋之諫》「毋內錢器」句小考〉〔註8〕釋「毋內錢器」為「毋納賤器」。以為傳統文獻把鐘鼎彝器等名之為「重器」，如《孟子・梁惠王下》：「殺其父兄，係累其子弟，毀其宗廟，遷其重器。」賤器疑與此相對，其名雖不見於先秦文獻，僅見於《隋書・卷六・禮儀志》：「薦藉輕物，陶匏賤器。」而且簡文的「賤器」與《隋書・禮儀志》的「賤器」實質內容未必相同，但基本精神是一樣的。即祭祀宗廟，要用最高貴的彝器，不可以用日常生活的實用器來湊數。

劉信芳先生則主依字直解，釋為「祭祀無須眾人入錢納器」〔註9〕；彭浩先生則讀「錢器」為「殘器」云：「在由國君主祭或由國家主辦的祭祀中，祭器是由國家（君主）自備，而非假於他人。……祭器必須完好，不要有殘損。《禮記・曲禮上》：「祭服敝則焚之，祭器敝則埋之，龜筴敝則埋之，牲死則埋之。」鄭玄注：「此皆不欲人褻之也。焚之，必已不用；埋之，不知鬼神之所為。」因此，簡文中的「錢」應讀為「殘」，「錢器」即「殘器」。「毋內殘器」即殘損之器不用作祭器。」〔註10〕陳偉先生亦主讀「殘器」〔註11〕。

旭昇案：彭先生所論祭器的要求頗有道理，但那是在正常狀況下的正常做法。本篇所稱，齊桓公寵幸佞臣，不以邦家為事，是已經在「不正常狀況」了，如果齊桓公為政一切依禮，鮑叔牙與隰朋就沒有進諫的必要了，所以鮑叔牙與隰朋會要求齊桓公祭祀時「器必蠲潔」，表示當時祭祀常常器不蠲潔；要求「犧牲圭璧，必全如故」，表示當時祭祀犧牲圭璧常常不全，不依舊制。在這種情況之下，有司進行祭祀時，所用祭器當然也會馬馬虎虎，魚目混珠，上下其手。如果這個解釋的方向可行，那麼把「錢器」釋為「賤器」、「殘器」都有可能。但是，「殘器」是一眼就可以看出來的，有司以「殘器」祭祀，恐怕無法達到魚目混珠、上下其手的目的，而為人所視穿。相反的，以賤器冒充貴器，則可以達到魚目混珠、上下其手的目的。

更重要的是，簡文寫的是「毋內錢器」，「內」字不可以忽略。「內」者，由外入內也，那麼它必然是由外納入的祭器，而不會是本來就在宮中的「殘器」。

〔註8〕拙作〈《上博五・鮑叔牙與隰朋之諫》「毋內錢器」句小考〉，武漢大學簡帛網，2006年2月23日首發。

〔註9〕劉信芳〈上博藏五試解七則〉，武漢大學簡帛網，2006年3月1日。

〔註10〕彭浩〈「錢器」小議〉，武漢大學簡帛網，2006年3月1日。

〔註11〕陳偉〈《鮑叔牙与隰朋之諫》零識（續）〉，武漢大學簡帛網，2006年3月5日。

有司以殘器由外入內，拿來祭祀之用，這恐怕是不太可能的。

賤器，並不是指低賤到陶器這麼不堪的地步，而是指把日常用器拿來冒充祭器，或用贗品冒充真品。考古出土陪葬器物中多半是高級精美的器物，但是也有一些器物中放置了食物，顯見得這些器物有可能是同時被當做日用器來使用的。當然，我們也看到一些專門為陪葬所製造的「明器」，製作粗劣，徒具形貌，這或許是「賤器」的一種吧。

至於以贗品冒充真品，典籍上也有類的記載，《韓非子・說林下》：

> 齊伐魯，索讒鼎，魯以其贗往。齊人曰：「贗也。」魯人曰：「真也。」齊曰：「使樂正子春來，吾將聽子。」魯君請樂正子春，樂正子春曰：「胡不以其真往也。」君曰：「我愛之。」答曰：「臣亦愛臣之信。」

這是先秦典籍明明白白記載著的，魯君以贗器冒充真器送給齊國。可以想見，這樣的贗器是絕對可以亂真的，但是實際的價值還是和真器不一樣，這種贗器當然也是「賤器」。同樣情況在後世也可以看得到，臺北、北京故宮博物院收藏的應該是皇室的精品吧，但是眾所周知的，備受寵幸的大臣也往往以仿製品進呈皇帝，而把真品自己留下。先秦銅器的情況應該也是類似這麼複雜多樣，真贗雜存。「毋納賤器」的「賤器」有很多可能，但是，它應該和「貴器」相對，這種思考應該還不失為一個可行的方向。

如果齊桓公荒怠朝政，對祭祀時有司器不齍潔、犧牲圭璧不全、祭服殘破綴補〔註12〕都視而不見，那麼有司在添補祭器時，「內」之以日常用器或贗器，似乎也不是不可能的。

發表於 2006 年 2 月 22 日台灣師範大學國文學系主辦「漢學研究之回顧與前瞻」國際學術研討會。

〔註12〕前揭陳偉〈《鮑叔牙與隰朋之諫》零識（續）〉一文所主。

從六問六答的對應關係調整
上博五《季庚子問於孔子》的簡序

　　《上海博物館藏戰國楚竹書（五）》出版於 2005 年 12 月，其中〈季庚子問於孔子〉是一篇有關孔子治國理念的重要文獻。由於原簡殘斷較多，不易拼合，所以對簡序提出調整意見的有很多家，如：陳劍、李銳、陳偉、福田哲之、牛新房、廖名春、王化平、許懇慧、顧史考等先生，這在陳劍先生為《儒藏》寫的《季庚子問於孔子》（以下簡稱陳文）一文中有詳細的介紹。〔註 1〕陳劍先生為《儒藏》寫的文章是有關這一篇出土材料最晚的作品，廣泛參考了各家意見，深入分析了整個文本的問題，應該可以代表《季庚子問於孔子》最新的研究成果。因此本文的釋文主要採用陳文，有不同處才加注。陳文的釋文如下：

　　季庚（康）子歸（問）於孔＝[孔子]曰：「肥從又（有）司之遴（後），罷（一）不智（知）民矛（務）之女（安—焉）才（在），售（唯）子之訇（貽、詒）脂（羞）。晝（青—請）昏（問）尋＝[君子]之從事者，於民之一……

　　[孔＝[孔子]曰：「㤅（仁）之㠯（以）]悳（德），此君子之大矛（務）也。」

〔註 1〕陳劍《季庚子問於孔子》是《儒藏》九篇中的一篇，將由北京大學出版社出版。此稿係陳劍先生惠賜。

庚（康）子曰：「畫（青—請）昏（問）可（何）胃（謂）怠（仁）之
目（以）恵（德）？」

孔＝[孔子]曰：「尋＝[君子]才（在）民二之上，執民之中（中—中），
紣（施）斈（教）於百眚（姓），而民不備（服）安（焉），氏（是）尋＝
[君子]之恥也。是古（故）尋＝[君子]玉亓（其）言而虘（展）亓（其）
行，敬城（成）亓（其）三恵（德）目（以）臨民＝，[民]睘（望）亓（其）
道而備（服）女（安—焉）。此之胃（謂）怠（仁）之目（以）恵（德）。
叡（且）筦（管）中（仲）又（有）言曰：『尋＝[君子]龔（恭）則述（遂），
喬（驕）則泆（佚）。浦（備）言多難，四軌言則懂。舀民唯翠，不欲
……港簡六

……面之巨（夷？）。」

孔＝[孔子]罰（辭）目（以）豊（禮）孫（遜、遜）安（焉）。庚（康）
[子曰：「]……港簡五……寍（寍—寧）旎肥也。」

孔＝[孔子]曰：「丘昏（聞）之孟者吳（晜—側）曰：『夫《箸＝[箸（書）》
者]，目（以）箸（著）尋＝[君子]之恵（德）也；六夫《時（詩）》也者，
目（以）篔（等—志）尋＝[君子]志＝[之志]；夫《義（儀）》者，目（以）
斤（謹）尋＝[君子]之行也。尋＝[君子]涉之，尖＝[小人]蘿（觀）之。尋＝
[君子]敬城（成）亓（其）恵（德），尖＝[少（小）人]母瘇（寐）七

……者，因古冊豊（禮）而章（彰）之母逆，百事皆畫（青—請？靜？）
行之，十七

……面〈百？〉事皆昊（旻—得）亓（其）蕾（蘿—權）而弴（強）
之，則邦又（有）軷童，百眚（姓）送之目（以）□[□]五

[□□□□]寺＝[寺（恃）之]目（以）爲呂（己）埶（勢）。子或（又）
女（安—焉）昏（問）港簡八矣└！」

庚（康）子曰：「母（毋）乃肥之昏（問）也是（寔）右（左）虜（虜
—乎）？古（故）女（如）虐（吾）子之疋（疏）肥也。」

孔＝[孔子]十一 B 舀（怠／怡—辭）曰：「子之言也巳（已）㽥（重）。丘
也昏（聞）尋[＝][君子]……十八 A

……威（滅）速。母（毋）死（亙—恆？亟？）才（在）逡=（後），[逡（後）]殜（世）比鄻（亂），邦相憲（威）毀，眾必亞（惡）善，臤（臤—賢）人二十二Ｂ桨（深）佝。氏（是）古（故）夫攺（撫？）邦甚難，民能多十一Ａ□，肥民則安，若（膡—瘠）民不鼓（尌—樹）。氏（是）古（故）臤（臤—賢）人大於邦而又（有）窖（劬？）心，能爲䰟（鬼）十八Ｂ

……女（焉）=，[女（焉）]怎（作）而輚（乘）之，則邦又（有）穫。先=[先人]廌=[之所]善亦善之，先=[先人]廌=[之所]叟（史—使）十二[亦叟（史—使）之。先=[先人]廌=[之所]□勿□，先=[先人]廌=[之所]]亞（惡）勿叟（史—使），先=[先人]廌=[之所]瀍（廢）勿记（起），狀（然）則民达不善。睞（救）父兄子俤（弟）而曼（爯—？）賒十五Ｂ

……□亡（無）戁（難）。母（毋）忘姑姊妹而遠敬之，則民又（有）豊（禮）。狀（然）句（後）奉（奉）之已（以）卅（韋—中）臺《內豊》

……也。縈（葛）毆含（今）語肥也已（以）尻（處）邦豪（家）之述（術），曰：尋=[君子]不可已（以）不=玃（强）=，[不玃（强）]則不立。八……不=惡（威）=，[不惡（威）]則民嫝（狎）之。母（毋）訏（信）玄曾，因邦廌=[之所]臤（臤—賢）而䡊（興）之。大皋（罪）殺二十一之，臧（蹤—臟）皋（罪）型（刑）之，少（小）皋（罪）罰之。句（苟）能匜（固）獸（守）二十二Ａ而行之，民必備（服）矣。古（故）子已（以）此言ㄥ爲糸（奚）女（如）？」

孔=[孔子]曰：「緣（由）丘ㄥ舊（雚—觀）之，則敞（媺、美）十三言也巳（已）。叔（且）夫毆含（今）之先=[先人]，莪（世）三代之連（傳）叟（史）ㄥ。幾（豈）敢（敢）不已（以）亓（其）先=[先人]之連（傳）等（志）告ㄥ？」

庚（康）子曰：「狀（然）。亓（其）宔（主）人亦曰：古之爲十四邦者必已（以）此。」

孔=[孔子]曰：「言則媺（媺、美）矣，然十五Ａ異於丘廌=[之所]昏（聞）。聖（丘）ㄥ昏（聞）之，牀（臧）叟（文）中（仲）又（有）言

曰：『尋=[君子]弴（強）則遻（遺），惥（威）則民不九道，宨（嚴）則遳（失）衆，盅（盟—猛）則亡（無）新（新—親），好型（刑）則不羊（祥），好殺則复（作）躖（亂）。』是古（故）臤（臤—賢）人之居邦豪（家）也，殀（夙）鼜（興）夜痲（寐），十降崇㠯（以）比，民之戴敞（嬂、美）弃（棄）亞（惡）母〈女（如）〉遻（歸）。訢（慎）少（小）㠯（以）會（合）大，疋（疏）言而宻（密）獸（守）之。母（毋）欽遠，母（毋）誻（？）逐（邇）。亞（惡）人勿轗（陷），好十九人勿貴。救民㠯（以）瓣（辟）。大辠（罪）則夜（赦）之㠯（以）型（刑），臧（臧—贓）辠（罪）則夜（赦）之㠯（以）罰，少（小）則訛（訾）之。㠯（凡）欲勿棠（常），凡遳（失）勿㘴（坐），各二十堂（堂—當）亓（其）𠃑（曲）㠯（以）城（成）之，肰（然）則邦坪（平）而民頪（擾）矣。此尋=[君子]從事者之所啻（諦？）𢡷也。┗二十三

由於原簡的殘斷比較嚴重（從陳文的編聯收了三支《香港簡》及一支《內豐》附簡，可以推知本篇可能還有其他流失的簡），所以全篇簡文還有一些文句無法完全通讀。另外，有些編聯也明顯地無法完全連讀，陳文在注釋中也常常說「此簡位置難定，暫置於此」、「此處文意仍難完全瞭解」，可見本篇釋讀之困難。

最近我們的讀書會在緊鑼密鼓處理《上博五》，《季庚子問於孔子》由陳萌萌同學初步處理。在研讀的過程中，我們發現，《季庚子問於孔子》的編聯可以由文義的內在邏輯、季庚子與孔子問答的對應關係再做進一步的調整。如果依照嚴格的一問（季庚子發言一次算一問）一答去調整本篇，我們得出的結果是季庚子六問，孔子六答，問與答之間的扣合非常緊密，六次問答的發展也合乎邏輯、合於禮數；有些本來不確定是誰的話，也可以因為這些邏輯與禮數而得到確定。

前引陳劍先生的簡序如下，凡加「；」的都表示不能連讀：

1-2-3-4-港簡6；（港簡5+6）-7；17-5-（港簡8+11B）-18A；22B-（11A+18B）；12-15B-內豐附簡；8-21-（22A+13）-14-（15A+9）-10-19-20-23。

本文調整後的簡序如下，我們認為基本上已都可連讀：

1-2-3-4-港 6-內豐附簡-8-21-（22A+13）-14-（15A+9）-10-19-20-22B-

（11A+18B）-（港 8+11B）-（18A+5）-12-15B-缺簡-（港簡 5+6）-7-17-23

比較重要的調整有以下三點：

一、〔（港簡 5+6）-7-17〕調到文章最後〔23〕之前。

二、〔內豐附簡-8-21-（22A+13）-14-（15A+9）-10-19-20〕調到文章開頭〔1-2-3-4-港 6〕之後，而且〔港 6〕與〔8〕可以拼合。

三、〔5〕調到〔18A〕之後變成〔（港 8+11B）-18A-5〕，然後整塊調到〔22B-（11A+18B）〕之後，下接〔12-15B〕，然後補上一支缺簡。

本篇如果在〔12-15B〕之後補上一支缺簡，雖然有少數字詞還不能完全確定，但是由季庚子與孔子的六問六答都可以完全密合來看，全文應該是可以連讀的。以下是我們的新編聯與說明（釋文加上外框的，表示是我們的補字）。

第一節：季庚子首問君子之大務，孔子答曰仁之以德

季庚（康）子𦖋（問）於孔=（孔子）曰：「肥，從又（有）司之遂（後），罷（一）不智（知）民矛（務）之安（焉）才（在）？售（唯）子之訡（貽）顀（羞），青（請）昏（問）：羣=（君子）之從事者於民之【一】上也，其大務為何？」

孔子曰：「息（仁）之以惪（德），此君子之大矛（務）也。」

這一節是季庚子請問孔子「君子之大務」，孔子答以「仁之以德」。簡 2 上殘，比照簡 1，大約殘 12 字。原考釋補「上，君子之大務何？」孔子曰：「仁之以」12 字（「孔子」應作合文，算 1 字），「君子之大務」是根據孔子的答話補的。陳文以為據文意，季桓子之語中不應謂「（君子）於民之上」，而且前後兩「君子」也嫌重複。今調整後補為「上也，其大務為何？孔子曰：仁之以」12 字（「孔子」作合文，算 1 字）。

第二節：季庚子二問何謂仁之以德，孔子詳細解釋後，接著引管仲之言，主張君子要恭敬勿驕，奉以中庸

庚子曰：「青（請）昏（問）可（何）胃（謂）息（仁）之已（以）惪（德）？」

孔=（孔子）曰：「羣=（君子）才（在）民【二】之上，埶（執）民之

中，綒（施）瞀（教）於百眚（姓），而民不備（服）安（焉），氏（是）
孖=（君子）之恥也。是古（故）孖=（君子）玉亓（其）言而廛（展）亓
（其）行，敬城（成）亓（其）【三】悳（德）呂（以）臨民=（民，民）膛
（望）亓（其）道而備（服）安（焉），此之胃（謂）悬（仁）之呂（以）
悳（德）。虞（且）笑（管）中（仲）又（有）言曰：『孖=（君子）龏（恭）
則述（遂），喬（驕）則浽（侮），潚（備）言多難【四】，旞（罕？）言則
㣟，舀民唯睪，不欲【港六】□□□□□亡戁，母忘姑姊妹而遠敬之，則民
又（有）豊（禮），肰（然）后（後）奉之呂（以）中臺（墉—庸）。』」

〔註2〕【內附】

前一節孔子的回答很簡要，季庚子因此請問何謂「仁之以德」。孔子詳細解
釋何謂「仁之以德」，主張執政者要玉言展行，敬成其德；又引管仲的話，主張
執政者要恭而勿驕，奉行中庸。

李松儒先生《戰國楚簡字迹研究》頁 203 指出《香港簡》（以下簡稱《港》）
簡 5、6、8 與《季》的字跡特徵具備同一性，應為同一抄手所寫。顧史考、陳
劍先生以為《港》6 可以接在《季》4 之後。應可從。〔註3〕依此編聯，《季》4+
《港》6 作「德以臨民，民望其道而服焉，此之謂仁之以德。且管仲有言曰：
『君子恭則遂，驕則侮，備言多難【四】，旞言則㣟，舀民唯睪，不欲」，「浮言」
下接「旞言」，文義頗為合適。

福田哲之先生以為《內豊》附簡可以放在本篇，在後來的文章中以為可於
在〔12+15B〕之後。〔註4〕季案：〔12+15B〕談的是要承襲先人的做法，與《內

〔註2〕李松儒《戰國楚簡字迹研究》（吉林大學博士論文，2012 年 4 月）頁 202 指出：「《內
豊》附簡字跡與《季庚子》字跡特徵完全一致。所以，從字跡角度看，福田哲之將
《內豊》附簡歸於《季庚子問於孔子》篇是正確的。……不過，從文義上看，《內
豊》附簡是否屬於《季庚子問於孔子》這篇簡文尚不能確定。」我們把【港六】加
【內附】拼接之後，中間約缺 2-7 字（《季》全簡字數約在 34～39 字），取其中數，
所以我們安排了 5 個缺字的空格。
〔註3〕顧史考《上博楚簡五《季庚子問於孔子》新編及概述（修訂)》，《出土文獻與古文
字研究》第 7 輯（上海古籍出版社，2018 年 5 月），頁 146。陳劍《季庚子問於孔
子》，收在《儒藏》，待刊。
〔註4〕福田哲之：〈上博四《內禮》附簡、上博五《季康子問於孔子》第十六簡的歸屬問
題〉（武漢大學簡帛網，（2006 年 3 月 7 日），網址：http://www.bsm.org.cn/show_
article.php?id=271）提出這個構想，但在〈上博楚簡《內豊》的文獻性質——以與
《大戴禮記》之《曾子立孝》、《曾子事父母》比較為中心〉，《簡帛》第 1 輯（上海：
上海古籍出版社，2006 年 10 月）中放棄這個說法。後來在〈上博五《季康子問於

豐》附簡的文義較難銜接。如果接在《港》6之後，管仲整段話就是「且管仲有言曰：君子恭則遂，驕則侮，備言多難，旖言則襌，舀民唯睪，不欲□□，□□亡戁，毋忘姑姊妹而遠敬之，則民又豐，狀后奉之呂中墉。」「備言」下接「旖言」，性質相類；「舀民唯睪，不欲□□，□□亡戁」雖然還無確解，但不外是治理人民要中庸適度之類的意思；「毋忘姑姊妹而遠敬之」一句話的針對性很強，應該跟齊桓公的背景有關，《荀子・仲尼》說齊桓公「姑姊妹之不嫁者七人，閨門之內，般樂奢汰」、《管子・小匡》齊桓公自述「寡人有污行，不幸而好色，而姑姊妹有不嫁者」、《陸賈・新語》說「齊桓公好婦人之色，妻姑姊妹，而國中多淫於骨肉」。所以管仲會特別提到「毋忘姑姊妹而遠敬之」應該是有道理的。執政君子做完這些之後，「則民又禮，然後奉之以中庸」，「奉」即施行，「中庸」二字與本段一開始的「執民之中」相呼應。

第三節：季庚子三問，引葛烈今語以為治民宜強威重刑，反對孔子引管仲之言；孔子三答，虛言贊美葛烈今

庚子曰：「子之言，異乎肥之所聞也。葛歑（烈）含（今）語肥也以尻（處）邦豪（家）之述（術）曰：『尋=（君子）不可呂（以）不=弜=（不強，不強）則不立【八】□□□□□□□□□□□□=惥=（威，威）則民 麤（狎）之。毋信玄曾，因邦斋=（之所）叝（譴）而墨〔繩〕之〔註5〕。大皐（罪）殺【二一】之，臧皐（罪）型（刑）之，少（小）皐（罪）罰之。句（苟）能固獸（守）【二二A】而行之，民必備（服）矣。』古（故）子呂（以）此言一為奚女（如）？」

孔=（孔子）曰：「緐（由）丘一簹（觀）之，則散（美）【一三】言也已。虔（且）夫歑（烈）含（今）之尖=（先人），莌（世）三代之逨（傳）叟（史）一，幾（豈）敢不呂（以）元（其）尖=（先人）之逨（傳）等（志）告一？」

《孔子》的編聯與結構〉，《新出楚簡國際學術研討會會議論文集（上博簡卷）》（湖北：武漢大學，2006 年 6 月 26 日～28 日）第 53～69 頁中又提出可以放在〔11B+18A+5，12+15B，《內豊》附簡，17+23〕這個編聯組中。

〔註 5〕本句原來各家都讀為「因邦之所叝（賢）而墨〔舉〕之」，但跟前後文難以銜接。我最近思考再三，覺得「叝」應該讀為「譴」，其後原讀為「舉」之字改讀「繩」，前後文義順承，毫無矛盾。詳細分析或容另文考釋。

第三節季庚子引葛烈今的話，以為執政要強威、重刑（重視刑罰）。其內容明顯地反對上一節孔子所引管仲的話。因此上接第二節，應該是非常合理的。

原考釋在簡 4 後有「□□□□□□□□□□□舀（擾）事皆叟（得）亓（其）雚（勸）而弨（強）之。則邦又（有）樾（姦）童（動），百眚（姓）送之呂（以）□□【五】☑庚子曰：「☑窓㡾肥也。」孔＝（孔子）曰：「丘昏之孟者（子）昊（餘）曰：『夫《箸＝（書》者）呂（以）箸（著）尋＝（君子）之惪（德）也。【六】夫《旹（詩）》也者呂（以）簭（誌）尋＝（君子）㞢＝（之志）。夫《義（儀）》者呂（以）斤（謹）尋＝（君子）之行也。尋＝（君子）涉之，尖＝（小人）雚（觀）之，尋＝（君子）敬城（成）亓（其）惪（德），尖＝（小人）毋痳（寐）【七】」等三簡。但文義與上一節難以銜接。陳劍先生〈談談《上博(五)》的竹簡分篇、拼合與編聯問題〉以為簡 5 有可能本來應在簡 8 與簡 21 之間、唐洪志先生《上博簡（五）孔子文獻校理》以為〔簡 6＋簡 7〕應在簡 17 與簡 12之間。都做了一定的調整。

季案：這三簡應該放在別處，這是對的。挪開以後，季庚子引葛烈念的話就和前一節孔子引管仲的話針鋒相對。其銜接性較合理。

簡 8 的上端約殘 11-12 字，原考釋補「庚子曰」三字，可從。因為這一段話肯定是季庚子說的。揣度文義，我們以為殘缺部分可以補「庚子曰：子之言，異乎肥之所聞」。在孔子說了要親身實踐「德」，而且要「敬誠」、「恭」之後，季庚子立刻提出不同的看法，認為葛烈今訴他施政要強而威。所以說是「子之言，異乎肥之所聞」。

本節各家編聯位置差異很大。放在這兒，主要是其內容引葛烈今的話，以為執政者要強威重刑，這段話的針對性很強，衡諸全文，能被針對的只有管仲的話，因此白海燕女士把簡 8 接在〔簡 1＋簡 2＋簡 3＋簡 4〕後面，把〔簡 6＋簡 7〕後調至簡 17 之前，這是合理的。季庚子引完葛烈今話語的最後是「民必服矣」，明顯地是針對孔子所說「君子在民之上，執民之中，施教於百姓，而民不服焉」來反駁的，中間不應插入太多其他的話。

簡 8 下接簡 21，是廖名春先生〈楚簡〈季康子問於孔子〉研究〉的意見，各家都接受。二簡中間雖然殘了 11～13 字，但是有關「大罪」等處置內容都是強而威的，所以簡 8 下接簡 21、22A 相當合理。簡 22A 下接簡 13 是陳劍先生〈談談《上博(五)》的竹簡分篇、拼合與編聯問題〉的意見，「苟能固守

而行之，民必服矣」，和簡 2-3 的「君子在民之上，執民之中，施教於百姓，而民不服焉」可以互相呼應。

本節季庚子第三次發言，引葛烈今的話，反對孔子引管仲之言。這算是相當尖銳的反駁，所以最後用請教的口吻「子以此言為奚如」，緩和一下氣氛。孔子的回答也很客氣，不直接反駁季庚子，只是很客氣地說葛烈今的話是美言，而且是葛烈今的先人所傳下來的話。孔子在後文（18A＋5）也談到執政君子如能「勉事，皆得其權而強之。則邦有榦棟」，可見君子也不是不能強，只是做法不同。

第四節：季庚子四問，引葛烈今主人以強調葛烈今之言；孔子四答，引臧文仲語，以為君子施政不應強威嚴猛，當夙興夜寐，救民以辟

庚（康）子曰：「肰（然），亓（其）宔（主）人亦曰：『古之為【一四】邦者必呂（以）此。』」

孔＝（孔子）曰：「言則娍（美）矣。然【一五A】異於丘齋＝（之所）昏（聞）。丘﹍昏（聞）之，牀（臧）旻（文）中（仲）又（有）言曰：『尋＝（君子）弜（強）則遉（遺），愳（威）則民不【九】道（導），鹵（鹽—嚴）則遊（失）眾，盟（猛）則亡（無）新（親），好型（刑）則不羊（祥），好殺則复（作）鵉（亂）。』是古（故），臤（賢）人之居邦豢（家）也，嬰（夙）塁（興）夜𢤥（寐），【十】降鼐以比（庇），民之𢿢（美）弃亞（惡）母（毋）迊（回）。訢（慎）少（小）呂（以）畣（合）大，疋（疏）言而𥀈（密）獸（守）之；母欽遠，母詣（指？）逐（邇）；亞（惡）人勿歁（陷），好【一九】人勿貴；救民呂（以）辨（辟），大辠（罪）則夜（赦）之呂（以）型（刑），臧辠（罪）則夜（赦）之呂（以）罰，少（小）則訨（貲）之。凡欲勿堂（常），凡遊（失）勿𨑮（危），各【二〇】□□□□□□□□□□□□威（滅）速，母丞（恒）才（在）後＝（後，後）殜（世）比鵉（亂），邦相憲（威）毀，眾必亞（惡）善，臤（賢）人【二二B】罙（深）佝（詬）。氏（是）古（故）夫敀（撫）邦甚難，民能（態）多【一一A】🔲，肥，民則安；𦝠（瘠），民不尌（樹—著）。氏（是）古（故），臤（賢）人大於邦，而又（有）𢽱（劬）心，能為鬼

（威），【一八B】寺=（持之）㠯（以）為彐（己）埶（勢）。子或（又）安（焉）昏（聞）【港八】矣？」

這一節是孔子反對葛烈今的治國理念，並且引臧文仲的話，主張施政不要強、威、嚴、猛、重刑好殺，要夙興夜寐、賢人在位、劬勞民務、慎小疏言、救民以辟、撫邦戡難。

簡15A下接簡9、簡10、簡19、簡20，是陳劍先生的意見；22B接11A是許懿慧博士的意見；11A接18B是福田哲之先生的意見。因為孔子針對葛烈今施政要強而威的看法，提出了反對的意見，並引臧文仲的言論說「君子強則遺，威則民不導，嚴則失眾，猛則無親，好刑則不祥，好殺則作亂」，因此主張種種較合理的施政態度。

從簡15A到簡22B，共有八支簡，大部分都可以連讀，只有22B前面殘缺了大約13個字，但是並不影響與前段的連讀。因為這八支簡都是說賢人在位應有的作為，雖然部分字句的意思不好釋讀，但全文的意思還是清楚的。

簡18B談到「賢人大於邦，而有劬心，能為鬼」，「鬼」字似可讀為「威」，是「威望」的意思。孔子的政治理念，施政者還是要有一定的「威」，《論語·堯曰》記載子張問孔子「何如斯可以從政」，孔子回答的「尊五美」中有一項就是「威而不猛」，《中庸》也說「君子不賞而民勸，不怒而民威於鈇鉞」。「賢人大於邦，而有劬心」，就能產生一定的「威」。把握住這種「威」，就可以成為「己勢」。這種「威勢」，是季庚子所不知道的，因此孔子說「子又焉聞矣」。這話說得有一點不客氣，但孔子的分析很精細，出自孔子之口，季庚子也不能不服氣。魯哀公3年（公元前492年），季桓子死前囑咐康子要召請孔子；魯哀公11年孔子自衛返魯，季康子問於孔子，大約就是這段時間，孔子已經68歲了，才學德識俱尊，聞見廣博，智慧過人，因此也有資格說「子又焉聞矣」這種話。所以我們認為《港八》接在本節最末應該是合適的。

在問答的禮貌方面，針對季庚子第三次發言的尖銳口吻，孔子第三次回答先用較和緩的口氣說：「由丘觀之，則美言也已」。

對此美言，季庚子很高興地第四次發言說葛烈今的主人也這麼說。葛烈今應該不是魯國人，可能是三晉史官到魯國來，接待他的人當時習稱「主人」。〔註6〕

〔註6〕拙作《遠臣觀其所主，近臣觀其主──談《上博五·季庚子問於孔子》簡14的「主

緩和完氣氛之後，孔子第四次回答說：「言則美矣。然異於丘之所聞。」接著做了很詳盡的敘述，說明施政的要點。說完一大段話後，孔子說「子或（又）安（焉）昏（聞）矣」，析理深入，氣勢十足，所以語氣並不是很客氣。

第五節：季庚子五問，自謙所聞寔差；孔子五答，強調君子勉事，得權而強，善承先人，繼善廢惡

庚（康）子曰：「毋乃肥之昏（聞）也是（寔）左（差）虖（乎）？古（故）女（如）虐（吾）子之疋（疏）肥也。」

孔＝（孔子）【一一B】怨（辭）曰：「子之言也已砫（重）。丘也昏（聞）『晕＝（君子）【一八A】面（勉）事，皆夏（得）亓（其）囀（權）而弡（強）之。則邦又（有）絠童（常），百眚（姓）送（遵）之㠯（以）□□【五】□□□□□□□□□□□□□安＝（安焉）。』复（作）而輚（乘）之，則邦又（有）穫。先＝斋＝（先人之所）善，亦善之；先＝斋＝（先人之所）叓（使）【一二】亦使之，先＝斋＝□亦□之，先＝斋＝亞（惡）勿叓（使），先＝（先人）斋＝（之所）濾（廢）勿𨑒（起）。肰（然）則民迗（格）不善，踩（比／邇）父兄子俤（弟）而再（稱）賕（儔）【一五B】……

前節孔子引臧文仲的話，並詳細分析了君子治邦應有的態度，季庚子應該聽進了孔子的話，因此本節開始，季庚子很客氣地承認「毋乃肥之聞也寔差乎？故如吾子之疏肥也。」意思是：莫非我從前所聽葛烈今的話是錯的嗎？所以您這樣開導我。隨著孔子論政的深入，季庚子的態度越來越好，口氣越來越謙虛恭敬了。「故女（如）吾子之疏肥也」句中的「如」用大家熟悉的沈培先生的說法釋為「不如」，連同其後的「吾子」，都十足顯示出季庚子此時的欽服與禮敬。

簡11B下接簡18A，這是牛新房先生的意見，可從。因為簡11B季庚子說自己所聞寔差，所以簡18A孔子接著說「子之言也已重」，這很清楚地是回應季庚子說自己所聞「寔差」。孔子接著說君子處事「得其權（權衡得當）」後就可以「強」力施行，國家安定，百姓遵行。緩解季庚子所聞也並不全錯，施政

人」》，臺灣師大國文系主辦「出土文獻與域外漢學國際學術研討會」發表論文，2018 年 11 月 10 日至 11 日。後刊登於《中國文字》2019 年夏季號，臺北：萬卷樓圖書公司發行，2019 年 6 月。

也要「強」、「威」，只是做法、目的不同。如果是為了私利就不可以，如果是為了邦國臣民就可以。先人行之多年，沒有缺失的做法，就沒有必要改變，硬要改變，一定會讓人懷疑目的是圖謀一己之私。

　　15B 前段殘約 12～13 字，李銳先生補「亦使之。先人之所□亦□之，先人之所」，補了 11 字，其中包含四個合文，與簡的上部殘缺的長短較為相當。

　　主政者做了這些繼承先人的好作為之後，接下來的「民迖（格）不善，睞父兄子俤（弟）而禹賕」一定是好的結果。人民會格除不善的表現，「睞父兄子弟而禹賕」大約是和父兄子弟一起表現良好。

　　福田哲之先生把《內附》的「□□，□□亡戁，母忘姑姊妹而遠敬之，則民又豊（禮），肰（然）后（後）奉之弖（以）中墉（庸）」接在這兒。表面上看，「父兄子弟」和「姑姊妹」都是家庭親戚，似乎可以放在一起。其實前面的「民迖（格）不善，睞父兄子俤（弟）而禹賕」是人民的動作；而「母忘姑姊妹而遠敬之，則民又豊（禮）」顯然是主政者（或高層）的行為。受到君子的影響，於是人民就會變得有禮（君子之德風，君子「母忘姑姊妹而遠敬之」，人民當然也會跟著有禮）。因此《內附》不應該接在 15B 之後。

　　在問答禮儀方面，季庚子自己承認所聞有差失，態度很好，因此孔子第五次回答也很客氣，先做個「辭」的動作，然後說：「子之言也已重。」然後接著更詳盡地解說施政之道。

第六節：季庚子六問，謙恭請益；孔子引孟之側的話，強調君子當熟習《詩》《書》《儀》，以成德平邦

　　[庚子再拜]……【缺簡】[面]之，弖（夷）。孔（孔子）=訇（辭）弖（以）豊（禮），孫（遜）安（焉）。庚[子]：曰「吾子【港五】窗（寧）𢼄（施）肥也？」

　　孔=（孔子）曰：「丘昏（聞）之孟者（之）㡿（側）曰：『夫箸=（《書》者）弖（以）箸（著）㝈=（君子）之悳（德）也。【六】夫旹（《詩》）也者，弖（以）𥙄（誌）㝈=（君子）志=（之志）。夫義（《儀》）者，弖（以）斤（記）㝈=（君子）之行也。』㝈=（君子）涉（習）之，尖=（小人）蓳（勸）之，㝈=（君子）敬城（成）亓（其）悳（德），尖=（小人）母

（毋）痗（昧）【七】□□□□□□□□□□□□□□□□□□□□
者，因古（故）冊（迹）豊（禮）而章之毋逆，百事旨（皆）青（靜）
行之，【一七】堂（當）元（其）曲㠯（以）城（成）之。肰（然）則邦坪
（平）而民頪（擾）矣。此㝵=（君子）從事者之所啻（諦）▉（審）
也。」【二三】

　　簡〔6+7〕各家都從原考釋，放在《季庚子問於孔子》的前段，應該是不
合適的。本篇寫季庚子請教孔子民務，孔子在這時就講《書》、《詩》、《儀》，有
點不著邊際。而且前四簡孔子談的是「身（仁）之以德」，如果簡6如原考釋所
補的「庚子曰：寧施肥也？」那就是季庚子請問孔子「身（仁）之以德」應該
怎麼做？孔子的回答卻是君子要「習」《書》、《詩》、《儀》，問與答二者內容的
差距大了些。

　　我們認為簡〔6+7〕應該放在全篇的最後。季、孔二人經過激烈的討論之
後，季庚子被說動了，但是季庚子的政治養成教育中比較多的是實務經驗，
缺乏孔子所談的這些深層的人文素養，因此請教孔子能把深層的人文素養的
養成方法教給我，用來改變我嗎？孔子於是引孟之側的話，告訴季庚子，要
熟習《書》、《詩》、《儀》，君子因此成其德，小人也得以避免昏昧。「百事旨
（皆）青（靜）行之」的「百」字可以釋為「凡」，《毛詩・邶・雄雉》「百爾
君子、不知德行」，朱熹《詩集傳》：「百，猶凡也。」本簡的「百事」即「凡
事」。「青」陳劍先生讀為「靜」，《說文》釋為「宷也」，審慎的意思。

　　本節〔一八 A〕孔子已經有「辭」的動作，此處是孔子第二次作「辭」的
動作，而且是「辭以禮，遜焉」，比第一次單純的「辭」更客氣，因此在這句話
之前應該有缺簡，充分表達「面之，㠯（夷）。孔子辭以禮，遜焉」的相關情境。
在聽了孔子詳盡而深入的分析之後，季庚子應該是非常折服孔子了，因此季庚
子會做出一些敬佩的動作，〔港五〕「孔子辭以豊（禮），遜焉」句前的「夷」應
該是形容季庚子的字眼，也許可以釋為「喜悅」，《毛詩・鄭風・風雨》：「既見
君子，云胡不夷？」毛傳：「夷，說也。」這個字眼很深刻地描繪出季庚子問於
孔子，由一開始的針鋒相對，到後來的心悅誠服。「面之」大約也是如實地描述
季庚子心悅誠服地面對孔子。既然如此，在這一句之前，應該有「季庚子再拜」
並如何如何之類的言語動作，以表達對孔子的敬佩。

　　本篇一支完簡所容大約 36～38 字，補上季庚子的動作之後，應該還有大約 30 字的空間，上節最後說「肰（然）則民迖（格）不善，睞（比／邇）父兄子佛（弟）而再（稱）賕（讎）」，意思還沒有說完，孔子應該還有相當長的話，缺簡剩餘的部分正好可以補上這些內容。

　　在很多學者費了很大力氣研究《季庚子問於孔子》，並提出了很多精闢重要的意見之後，本文主要從六問六答的對應關係，對本篇的簡序做了一個比較大幅度的調整。適當與否，要請方家指正。同時要特別感謝陳劍先生惠賜《儒藏》，給本文提供了最大的方便。

　　原發表於第一屆「出土文獻與中國古代史」學術論壇暨青年學者工作坊，上海：復旦大學出土文獻與古文字研究中心，2019 年 11 月 2～4 日。

遠臣觀其所主，近臣觀其主
——談《上博五‧季庚子問於孔子》簡14的「主人」

摘　要

《上海博物館藏戰國楚竹書（五）‧季庚子問於孔子》一篇，內容與儒家孔子密切相關，非常重要。但是因為簡殘，所以有文意還未能得到確解。本文想討論簡14的「主人」，透過先秦典籍「主人」的用法，配合簡本前後文義，本文主張主人就是先秦常見賓客赴某地，招待並提供他住宿的人就叫「主人」，這個動作也稱「主」。

關鍵詞：主，主人，季庚子問於孔子，葛烈今

《上海博物館藏戰國楚竹書（五）》[註1]公佈已經十五年了，其中有〈季庚子問於孔子〉一篇，內容與儒家孔子密切相關，因此引起很多學者的關注，研究論文多篇，大部分的疑難問題都解決了。但是，仍有一些較為棘手的字詞、編聯，還沒有得到一致的認同，影響了對全篇的解讀。本文想討論簡14的「主人」。

〔註1〕馬承源主編《上海博物館藏戰國楚竹書（五）》，上海：上海古籍出版社，2005年12月。

　　為了呈現「主人」所在本節的完整文義，我們先把整節依照我們同意的簡序引錄於下，〈季庚子問於孔子〉簡8＋21＋22A＋13＋14－15：

　　庚子曰：「異乎肥之所聞〔註2〕也。葛戝（烈）含（今）語肥也以凥（處）邦豪（家）之述（術）曰：『尋=（君子）不可㠯（以）不=乭=（不強，不強）則不立【八】□□□□□□□□□=悳=（□□，□□）則民綝（廉）之。毋信玄（姦）曾（讒），因邦峕=（之所）臤（賢）而轡（興）之。大辠（罪）殺【二一】之，臧（常）辠（罪）型（刑）之，少（小）辠（罪）罰之。句（苟）能固獸（守）【二二A】□□□□□□□□□□□□□〔而〕行之，民必備（服）矣。』古（故）子㠯（以）此言亅，為奚女（如）？」

　　孔=（孔子）曰：「繇（由）丘亅簹（觀）之，則散（美）【一三】言也已。虐（且）夫戝（烈）含（今）之夨=（先人），甤（世）三代之逋（傳）叓（史）亅，幾（豈）敢不㠯（以）元（其）夨=（先人）之逋（傳）等（志）告亅？」

　　庚（康）子曰：「肰（然），元（其）宔（主）人亦曰：『古之為【一四】邦者必㠯（以）此。』」

　　文章的大意是相當清楚的。〈季庚子問於孔子〉篇一開始，季庚子問孔子「君子之大務為何」，孔子回答說要「身之以德」〔註3〕，孔子接著又解釋所謂「身之以德」，就是「君子玉其言而展其行，敬誠其德以臨民，民望其道而服焉」。季庚子聽了這樣的話，非常不能同意，於是引了葛烈今說施政要「強、威、嚴、猛」的話來反駁孔子。葛烈今，陳劍先生在〈談談《上博（五）》的竹簡分篇、拼合與編聯問題〉一文中隸為「縈烈今」，並以為「縈」是氏、「烈今」是名。〔註4〕牛新房先生以為「縈」不是氏，應該屬上讀，「烈今」是名。陳劍先生後來在〈上博竹書「葛」字小考〉一文中改釋為「葛烈今」，以為「葛」是氏，「烈

〔註2〕「庚子曰：異乎肥之所聞也」，這是我們的補字。季庚子聽完孔子「身之以德」的話後，立即引葛烈今的話反駁孔子，因此我們認為此處缺的字應該是「異乎肥之所聞」這樣的字。

〔註3〕用白於藍說，見唐洪志《上博簡（五）孔子文獻校理》（廣州：華南師範大學歷史文化學院中國古代史專業碩士學位論文，2007年6月7日），頁9引師說。

〔註4〕陳劍：〈談談《上博（五）》的竹簡分篇、拼合與編聯問題〉，武漢大學簡帛網，（2006年2月19日），網址：http://www.bsm.org.cn/show_article.php?id=204。

今」是名，其人似於史無可考。〔註5〕周鳳五先生〈試說〈季康子問於孔子〉的榮駕鵝〉隸為「縈遂含」，讀為「榮駕鵝」，以為是魯國大夫。〔註6〕案：陳劍先生考釋「葛」字字形詳盡可從，「葛」當為氏，「烈今」為字。〔註7〕

孔子聽完季庚子引葛烈今施政要「強、威、嚴、猛」後，先對葛烈今的話略為贊美一下，說是「美言」，接著又從葛烈今的家世「三代傳史」來說葛烈今當然應該要以「先人之傳志」告訴季庚子。以上季庚子、孔子對葛烈今的態度非常重要，從簡文的敘述來看，我們可感受到葛烈今是一位「有一定份量」的人，所以能得到季庚子、孔子相當程度的尊重。

接著季庚子說：「然，其宔（主）人亦曰：『古之為邦者必以此。』」這句話很耐人玩味。「其主人」，當然就是「葛烈今的主人」，他是誰呢？學者大約有以下七種說法：

一、原考釋讀「宔」為「主」，沒有進一步詳細說明。

> 「宔」通「主」。《說文・宀部》：「宔，宗廟宔石也。从宀，主聲。」《說文繫傳考異》：「宗廟主石，今《說文》『宗廟宔祏』。」〔註8〕

二、李銳先生讀「主」為「囑」，意思是「囑咐」：

> 按：「然其主人亦曰」疑當讀為「然。其囑人亦曰」。「主」與「囑」古通。〔註9〕

三、冀小軍先生以為「主人」指「葛歔今」：

> 整理者以「然」字連下讀，似是把它看作轉折連詞，因與文義不諧，故不可取。李氏句讀可從，不過讀「主」為「囑」卻頗為可疑。「囑（本作屬）」謂囑咐、叮囑，多用於告誡語，因而「囑」字

〔註5〕陳劍：〈上博竹書「葛」字小考〉，武漢大學簡帛網，(2006 年 3 月 10 日)，網址：http://www.bsm.org.cn/show_article.php?id=279。

〔註6〕周鳳五：〈試說〈季康子問於孔子〉的榮駕鵝〉，(屆萬里先生百歲誕辰國際學術研討會，台北：國家圖書館，2006 年 9 月 15 日、16 日)，頁 53～63。

〔註7〕葛烈今三代傳史，季庚子又引他的話，他的話孔子也說是「美言」，似乎「烈今」當作「字」較好。古人稱平輩以上較少直接稱名，大多稱字。

〔註8〕馬承源主編《上海博物館藏戰國楚竹書（五）》，頁 222。

〔註9〕李銳：〈讀《季康子問於孔子》札記〉，孔子 2000，(2006 年 2 月 26 日)，網址：http://www.confucius2000.com/admin/list.asp?id=2272；又簡帛研究，(2006 年 3 月 6 日)，網址：http://www.jianbo.org/admin3/list.asp?id=1474。

下文一般都會說到應該怎樣或不應該怎樣。如《戰國策・西周》：「[函冶氏]將死，而屬其子曰：『必無獨知。』」吳師道注：「言凡有售，必使眾知其良，不可獨知也。」《漢書・循吏傳・黃霸》：「嘗欲有所司察，擇長年廉吏遣行，屬令周密。」《孔子家語・正論》：「定公即位，乃命之。辭曰：『先臣有遺命焉，曰：夫禮，人之幹也，非禮則無以立。囑家老使命二臣，必事孔子而學禮，以定其位。』公許之。二子學於孔子。」均為其例。而本簡下文「古之為邦者必以此」云云，則顯然沒有告誡的意思，故此說不可信。我認為，「主」字當如字讀，「主人」亦用其習見之義。《公羊傳・定公元年》：「元年，春，王。定何以無正月？正月者，正即位也。定無正月者，即位後也。即位何以後？昭公在外，得入不得入，未可知也。曷為未可知？在季氏也。定哀多微辭，主人習其讀而問其傳，則未知己之有罪焉爾。」這裏的「主人」，是指「事」的主人，即「微辭」所涉及的人。而簡文中的「主人」，則是指「言」的主人，即說「此言」的蓳𣪠今。這段文字的大意如下：

> 季康子問：「那麼，您認為他的話怎麼樣？」孔子說：「依我看，話倒是不錯。況且𣪠今的先人是三代遞傳的史官，他怎麼會不把先人所傳的治國方法告訴您呢。」季康子說：「是這樣的。蓳𣪠今也說：『古代治理國家的人都用這個方法。』」〔註10〕

四、白海燕先生以為「其主人」是和「𣪠今」有某種關係的人，但具體含義則待考：

> 濮茅左 2005 將「然」字屬下讀，視為轉折連詞，誠如冀小軍 2006 所說與文義不諧，不可取。李銳 2006a 的觀點，一方面，如冀小軍 2006 所言，下文未體現告誡意；另一方面，在上古漢語裏，「其」字不能用作主語〔註11〕，故「主」讀為「囑」也是有問題的。而冀小軍 2006 將「其主人」解作「話的主人」，總覺突兀。「其主人」，首先會

〔註10〕冀小軍：〈《季康子問於孔子》補說〉，武漢大學簡帛網，（2006 年 6 月 26 日），網址：http://www.bsm.org.cn/show_article.php?id=372。

〔註11〕參王力：《古代漢語》（第一冊），中華書局 1999 年 6 月出版，頁 353。

讓人想到是指毆今的「主人」，而非「話」的主人。若硬作此解釋，至少「其主人」這句話本身是有歧義的（指代不明），孔子也並非能一下想到「其主人」就是指「話的主人（毆今）」，而且從古至今罕見「話的主人」這樣的說法。另外，此篇簡文是記錄孔子與時人的對話，語錄體性質的。口語的特點就是簡潔，季康子不直接說「毆今也說」，卻反說「話的主人（毆今）也說」，頗感累贅。所以冀小軍 2006 的觀點亦很牽強。我們以為李銳 2006 的句讀可從。「其」在這裡應該指代「毆今」，「其宔（主）人」是和毆今有某種關係的人，但具體含義則待考。〔註 12〕

五、李丹丹先生以為「其主人」是指「毆今」的國君：

「![]」隸定為「宔」讀「主」可信。《說文‧宀部》：「宔，宗廟宔祏，從宀，主聲。」按照《說文》的原義，在簡文中是解釋不通的，但是，「宔」讀為「主」是合理的。王筠《說文句讀》：「主者，古文假借字也，宔則後期之分別字也。」段玉裁注「經典作主，小篆作宔，主者古文也。」《儀禮‧聘禮》「主人使人與客讀諸門外」鄭玄注「主人，國君也。」那麼，「其主人」就是指毆今的國君。

〔註 13〕

六、高榮鴻先生以為簡文的「主人」可能為「紋毆含」的長官：

冀小軍對於「囑」字用法的觀察，相當精闢，已能指出讀「囑」說的缺失。其次，許愍慧《季康子研究》頁 76 曾評論冀小軍「主人」說，認為若從此讀，則簡文的「其」的詞義就無著落，評論可從。筆者懷疑此處的「其」為代詞，指稱**紋毆含**，而「宔」應讀為「主」，「主人」可理解為「財物或權力的支配者」，如《易經‧明夷》：「君子於行，三日不食，有攸往，主人有言」。那麼，簡文的「主人」可能為「**紋毆含**」的長官。〔註 14〕

〔註 12〕白海燕：《《季庚子問於孔子》集釋》（長春：吉林大學古籍研究所碩士學位論文，2009 年 4 月），頁 55～56。

〔註 13〕李丹丹：《《季庚子問於孔子》集釋及相關問題研究》，哈爾濱師範大學碩士學位論文，2010 年 5 月，頁 60～61。

〔註 14〕高榮鴻：《上博楚簡論語類文獻疏證》，國立中興大學中國文學研究所博士論文，2013 年 7 月，頁 239。

七、林清源先生以為「宔」是「宗」的誤字：

本篇竹書「宔」字的構形，與楚簡習見的「宗」字頗為相似，此二字分別寫作下揭形體：

宔	宗
上博五·季康子·14	上博二·容成氏·46

「宔」、「宗」二字構形相似，在傳抄過程中容易訛混。例如，《左傳》〈莊公十四年〉原繁對鄭厲公曰：「先君桓公命我先人典司宗祏。社稷有主，而外其心，其何貳如之？」引文中的「宗祏」，疑即「宔祏」之誤；又如，《禮記》〈祭法〉曰：「有虞氏禘黃帝而郊嚳，祖顓頊而宗堯；夏后氏亦禘黃帝而郊鯀，祖顓頊而宗禹；殷人禘嚳而郊冥，祖契而宗湯；周人禘嚳而郊稷，祖文王而宗武王。」類似的文字還見於《國語》〈魯語上〉：「故有虞氏禘黃帝而祖顓頊，郊堯而宗舜；夏后氏禘黃帝而祖顓頊，郊鯀而宗禹；商人禘舜而祖契，郊冥而宗湯；周人禘嚳而郊稷，祖文王而宗武王。」這兩段引文的「宗」字，皆疑為「宔」之誤字。〔註15〕有鑒於此，筆者懷疑本篇竹書「宔人」原本應作「宗人」，只因「宗」、「宔」二字形近，書手一時失察，遂將「宗」字誤書為「宔」。又由「主」與「示」二字同源分化的關係來看，本篇竹書「宔」字也有可能是早期抄本「宗」字的孑遺。

「宗人」一詞，見於歷代典籍，指同宗族之人。例如，《史記》〈田敬仲完世家〉：「襄子使其兄弟宗人盡為齊都邑大夫，與三晉通使，且以有齊國。」南朝劉義慶《世說新語》〈任誕〉：「諸阮皆能飲酒，仲容至宗人間共集，不復用常杯斟酌。」《白虎通》〈宗族〉：「宗者，何謂也？宗尊也，為先祖主也，宗人之所尊也。《禮》曰：『宗

〔註15〕原注：張世超，〈佔畢脞說（七）〉，「復旦」網，2012 年 3 月 7 日，http://www.gwz.fudan.edu.cn/SrcShow.asp?Src_ID=1795。

人將有事，族人皆侍。』」

　　本篇竹書「寬政安民」章的前半章，先記載季康子向孔子轉述（系艾）戲含所主張的「尻（居）邦豪（家）之述（術）」，孔子回應說：「戲（且）夫戲含之先＝（先人），莧（世）三代之連（傳）貞（史），幾（豈）敢不已（以）亓（其）先＝（先人）之連（傳）等（志）告。」季康子接著表示：「狀（然）。亓（其）宔人亦曰：『古之為邦者必已（以）此。』」在季康子與孔子這段對話中，「宔人」與「先人」前後搭配，二者之詞義必有相當程度的內在聯繫。簡文「宔人」一詞，若為「宗人」之誤書或孑遺，則「宗人」與「先人」正好可以前後呼應。〔註16〕

　　以上諸說，一至三說的問題，二至四說中都提到了。第五說以為「主人」指「國君」，用在簡文中不是很合適。〈聘禮〉中的「主人」只是「典禮中的主持者或主要人物」（見下文分析）的意思，至於他的實際身分，要看是什麼典禮而定，聘禮中的主要人物是國君，所以鄭注「主人，國君也」，並不能直接把「主人」完全等同「國君」。先秦典籍中，《荀子》常常用「主」來代指「國君」，如〈仲尼〉篇「持寵處位，終身不厭之術：主尊貴之，則恭敬而僔；主信愛之，則謹慎而嗛；主專任之，則拘守而詳：主安近之，則慎比而不邪；主疏遠之，則全一而不倍；主損絀之，則恐懼而不怨」，「主」都是指「國君」。但是，先秦典籍還沒有看到直接用「主人」指國君的。

　　第六說以為「主人」可能是「長官」，其書證是《易經・明夷》：「君子於行，三日不食，有攸往，主人有言」。季案：把《易經・明夷》的「主人」釋成「財物或權力的支配者」，這似乎是採用《漢語大詞典》的解釋。不過，我手邊看到的《周易》本子，沒有一家是這麼解的。《周易・明夷・初九》：「明夷于飛，垂其翼。君子于行，三日不食，有攸往，主人有言。」屈萬里先生《讀易三種》的解釋是：「飛則垂翼，行則不食，往則主人有言，皆不吉。」〔註17〕這種解釋比較接近《漢語大詞典》義項 1、2。《漢語大詞典》「主人」一條的前三個義項是：

〔註16〕林清源：〈上博五〈季庚子問於孔子〉通釋〉，《漢學研究》第 34 卷第 1 期（2016 年 3 月 1 日），頁 279。

〔註17〕屈萬里《讀易三種》（臺北：聯經出版事業公司，1983 年 6 月），頁 736。

1. 接待賓客的人。與「客人」相對。《儀禮‧士相見禮》：「主人請見，賓反見，退，主人送於門外，再拜。」《荀子‧樂論》：「賓出，主人拜送。」《二十年目睹之怪現狀》第十二回：「這一根（酒籌）掣得好，又合了主人待客的意思。」巴金《人民友誼的事業》：「到了十一點鐘，似乎應當告辭了，主人說照法國的習慣，照他們家的習慣還可以繼續到午夜。」

2. 特指留宿客人的房東。《史記‧刺客列傳》：「使使往之主人，荊卿則已駕而去榆次矣。」唐豆盧復《落第歸鄉留別長安主人》詩：「年年落第東歸去；羞見長安舊主人。」

3. 財物或權力的支配者。《易‧明夷》：「君子於行，三日不食，有攸往，主人有言。」晉陶潛《乞食》詩：「主人解余意，遺贈豈虛來。」章炳麟《駁康有為論革命書》：「此皆以己族為主人，而使彼受吾統治，故一切可無異視。」

如果「主人」是葛烈今的長官，依《周禮》，他應該是「春官‧宗伯」的屬官，是大史的助手。如果他是魯國的史官，季庚子是魯國的執政者，自己屬下的史官應該是認得的。細看簡文，季庚子說「然，其主人……」，並不像是說自己屬下的官吏。如果是自己國家的官吏，是葛烈今的長官，也沒有理由不提這位長官的名字，這是不合古代禮儀的。

第七說以為「宔」為「宗」之誤，頗見巧思，葛烈今是史官，他的宗人當然也可能是史官。不過，甲骨時代「示」、「主」同字；到了戰國楚簡中，「示」與「主」已經明確地分化了。目前還沒有看到戰國楚簡「示」與「主」相混的例子。此外，先秦典籍中的「宗人」都是一種官職，掌管宗廟、牒譜、祭祀等事（見《漢語大詞典》），還沒有見到「宗人」指「同宗族的人」這種用法，這種用法目前能看到的材料都不早於漢代。

先秦兩漢文獻中，「主人」的用義有以下幾項：

（一）典禮中的主持者或主要人物，如《儀禮‧士冠禮》「主人玄冠朝服，緇帶素韠，即位于門東，西面」句中的「主人」是指要加冠者的親父或親兄〔註18〕，是主持加冠禮的人；〈士昏禮〉中主人的涵義會隨著儀節改變，在「問

〔註18〕見《儀禮注疏》，頁3，鄭玄注。

名」一節，「主人」是指女方未來的新娘子的父親——婚禮問名的主持人，到
「親迎」一節，「主人」是指新郎——婚禮親迎的主要人物。

（二）戰爭中被攻擊一方的守城人，《左傳・襄公十年》「主人縣布」〔註19〕、
《墨子・備城門》「寇至，度必攻，主人先削城編」等都是這個意思。

（三）招待朋友、賓客的屋主，如《莊子・山木》：

> 莊子行於山中，見大木，枝葉盛茂，伐木者止其旁而不取也。
> 問其故。曰：「無所可用。」莊子曰：「此木以不材得終其天年。」
> 夫子出於山，舍於故人之家。故人喜，命豎子殺鴈而烹之。豎子請
> 曰：「其一能鳴，其一不能鳴，請奚殺？」主人曰：「殺不能鳴者。」
> 明日，弟子問於莊子曰：「昨日山中之木，以不材得終其天年；今主
> 人之鴈，以不材死。先生將何處？」莊子笑曰：「周將處夫材與不材
> 之間……。」〔註20〕

篇中出現兩個「主人」，第一個「主人」可能是對「豎子」之稱，也可能是對
「客」之稱；但是第二個「主人」是莊子的弟子說的，只能是相對於「客人」
的用語，也就是指莊子帶著弟子「舍於故人之家」的「故人」，因為他招待莊
子一行，因此稱為「主人」。

（四）「主人」指長官部屬、老闆僕傭等關係中的長官、老闆，如《史記・
范睢蔡澤列傳》「睢曰：願為君借大車駟馬於主人翁」，句中的「主人」指雇范
睢為傭的張祿。相傳為東晉葛洪作的《西京雜記・卷上》：「邑人大姓文不識，
家富多書，衡乃與其傭作，而不求償。主人怪，問衡，衡曰：『願得主人書遍讀
之。』」句中的「主人」是指匡衡同邑的大戶人家文不識，匡衡願意無償為他當
僕傭，只求能讀他們家的藏書。

（五）物品的擁有者，《左傳・成公十五年》：「初，伯宗每朝，其妻必戒之
曰，盜憎主人，民惡其上，子好直言，必及於難。」句中的「主人」，一般解為
被竊盜所偷物品的所有人。〔註21〕

通觀〈季庚子問於孔子〉全文，葛烈今不是參加某個禮儀活動的人，也不

〔註19〕楊伯峻《左傳注（修訂本）》：「主人謂偪陽守城將。」（北京：中華書局，1990 年 5
月），頁 975。
〔註20〕郭慶藩《莊子集釋》（北京：中華書局，1961 年 7 月），頁 667～668。
〔註21〕參楊伯峻《春秋左傳詞典》（北京：中華書局，1985 年 11 月），頁 167。

會是在戰爭中擔任防守任務，更不會是被雇傭的勞動者、被竊盜物品的擁有者。篇中的葛烈今應該是一位三代傳史之家的史職人員，因為某些原因，離開自己國家，從外地來到魯國，他有學問、有見識，所以他的談話會被季庚子引用，也被孔子贊美為「美言」。他來到魯國，應該會寄住在一個身分學識相當的人家，因此「其主人」應該是指招待葛烈今留住在家中的屋主。

在先秦文獻中，外來的賓客投宿某個主人，這種動作往往只用一個「主」字。有身分地位的人，投宿的主人，其身分地位也要相當，如果不適當，是會被人譏笑的，《孟子‧萬章上》：

> 萬章問曰：「或謂孔子於衛主癰疽，於齊主侍人瘠環，有諸乎？」
> 孟子曰：「否，不然也。好事者為之也。於衛主顏讎由。彌子之妻與子路之妻，兄弟也。彌子謂子路曰：『孔子主我，衛卿可得也。』子路以告。孔子曰：『有命。』孔子進以禮，退以義，得之不得曰『有命』。而主癰疽與侍人瘠環，是無義無命也。孔子不悅於魯衛，遭宋桓司馬將要而殺之，微服而過宋。是時孔子當阨，主司城貞子，為陳侯周臣。吾聞觀近臣，以其所為主；觀遠臣，以其所主。若孔子主癰疽與侍人瘠環，何以為孔子？」〔註22〕

大意是：萬章問孟子：「有人說孔子在衛國住在衛君寵愛的宦官癰疽家中，在齊國住在宦官瘠環家中。有這回事嗎？」孟子說：「不，不是的。這是好事者捏造的。孔子在衛國，是住在衛國的賢大夫顏讎由家中。衛君的男寵彌子瑕的妻子和子路的妻子是姐妹，彌子瑕告訴子路說：「讓你的老師孔子住在我家吧！這樣（透過我的幫忙）他就可以得到卿相的位子。」子路把這話告訴孔子，孔子說：「能否得到卿相的位子，這是由『命』決定的。」孔子依禮而進，據義而退，能否得到官位，全歸於「命」。如果住在癰疽和瘠環家中，是既不合義，也不會有命。孔子在魯國和衛國不得志，又遇到宋國的向魋要殺他，他只能改變常穿的衣服而離開宋國。這時孔子正處於困阨，到了陳國，住在陳國大夫司城貞子家，司城貞子是陳侯周的臣子。我聽說君上觀察他身邊的臣子，要看這個臣子當主人時接待哪些賓客；觀察遠方來的臣子，要看他投宿在什麼人的家中。如果孔子居然投宿在癰疽和瘠環的家中，那他還有

〔註22〕《孟子注疏》（臺北：藝文印書館，1955 年），頁 171～172。

什麼資格叫孔子！」

《孟子》說的這段故事，在漢代仍繼續被討論，見劉向《說苑·至公》。《孟子》說「觀近臣，以其所為主；觀遠臣，以其所主」，這兩句話說得非常切要，這說明投宿在什麼人家？或接納誰來住宿，必須大體相當，不能失格。古人對階級身分看得非常重，如《禮記·郊特牲》：

> 大夫而饗君，非禮也。大夫強而君殺之，義也；由三桓始也。天子無客禮，莫敢為主焉。君適其臣，升自阼階，不敢有其室也。觀禮，天子不下堂而見諸侯。下堂而見諸侯，天子之失禮也，由夷王以下。〔註23〕

君臣相見，由於階級不同，禮的規定可以細微到這個程度。身為一位貴族，投宿在什麼人家中，當然要非常講究。葛烈今的主人，身分見識應該和葛烈今相當。

本篇季庚子說：「然，其主人亦曰：『古之為邦者必以此。』」意思是：葛烈今所投宿的主人也說：「古代治理邦國的君王也一定這麼做。」賓主相當，所以葛烈今所投宿的主人一定也是與史官關係密切，與葛烈今氣味相投的人。

我們以為，葛烈今應該是從魯國以外的國家投奔到魯國來的史官，這可以從簡文文義、「葛」字的寫法，以及葛姓的源流來說明。

「葛」在簡文中寫作🔣，原考釋隸作「蓁」，以為从艹、縈省聲，讀為「縈」。陳劍先生〈上博竹書「葛」字小考〉舉出三體石經《春秋》僖公人名「介葛盧」之「葛」字作🔣、《上海博物館藏戰國楚竹書（三）·周易》簡 43 與今本「葛藟」之「葛」相當之字作🔣，以為此二形是从艸从索會意；又指出《古璽彙編》2263、2264 兩枚晉璽的🔣、🔣；《上博四·采風曲目》簡 1 的🔣，也都是「葛」字。〔註24〕林清源先生〈釋「葛」及其相關諸字〉也對這個字進行了分析，主張：（1）石經「🔣」字疑應隸定作「䓛」；（2）楚簡「🔣」字可隸定作「蓁」，特指某種野生植物；（3）楚簡「🔣」字與晉璽「🔣」、「🔣」

〔註23〕《禮記注疏》（臺北：藝文印書館，1955 年），頁 486。
〔註24〕陳劍：〈上博竹書「葛」字小考〉，武漢大學簡帛網，（2006 年 3 月 10 日），網址：http://www.bsm.org.cn/show_article.php?id=279。

二字，皆應隸定作「絞」，讀為「艾」，用作姓氏字；（4）楚簡「莽」字應隸定作「萆」，指似葛有刺的藤蔓類植物。〔註25〕

　　郭永秉先生、鄔可晶先生以為上列諸字應該是从刀从索的「剃（割）」字之省，「割」與「葛」聲韻俱近，因此可以假借為「葛」。郭、鄔在〈說「索」「剃」〉一文中指出：《新蔡》簡甲 263 有「莽（莽）」字，宋華強先生在 2007 年提交給北京大學的博士學位論文《新蔡楚簡的初步研究》的「新蔡簡釋文分類新編」一節中，同意整理者的釋字，並聯繫三體石經古文「葛」字和戰國文字中釋讀為「葛」之字，懷疑「薊」字或許應該釋為从「刀」从「葛」之字，讀為「葛」（見該節第 61 頁注 308）。郭、鄔指出葛陵簡整理者所釋的「薊」字，正是从「艸」「剃（割）」聲的「葛」字。這個字形證明戰國文字和傳抄古文从「艸」从「索」的「葛」字是从「剃（割）」省聲的。戰國文字目前尚未見到獨立的「剃」字。六國文字的「葛」字，因為絕大多數都已是省聲字，造字理據已不甚明晰。葛陵簡的這個「葛」字聲旁作不省「刀」之形，彌足珍貴，當可以看作早期古文字的一個「孑遺」了。〔註26〕

　　郭、鄔一文把從甲骨、金文到戰國文字中的「索」字做了詳盡的分析，從而推測从索、从刀的「剃」當讀為「割」，戰國文字从艸从「剃」的「薊」字也就是「割」字，再省「刀」旁，就是戰國文字的「萆」，仍然是「割」字，讀為「葛」。

　　熟悉戰國楚簡的人都知道，戰國楚簡另有「葛」字作：

A 《上博一·孔子詩論》16

B 《上博一·孔子詩論》16

〔註25〕林清源〈釋「葛」及其相關諸字〉，復旦網（http://www.gwz.fudan.edu.cn/Web/Show/563），2008 年 12 月 8 日首發；《中國文字》新 34 期，頁 27～49，2009 年 2 月。

〔註26〕郭永秉、鄔可晶〈說「索」「剃」〉，北京：清華大學《出土文獻》第三輯，頁 99～118，2012 年 12 月。

C  《上博一·孔子詩論》16

D 《九店》56.20

以上四形，一般都隸為「蒿」，從艸、「害（害）」聲，因此可以寬式隸定作「菩」，「害」聲與「葛」聲音近，因此可以讀為「葛」。

同樣相當於後世的「葛」字，楚簡或用「𦳝」、或用「蒿」，一字多形，這在戰國楚簡是很常見的現象。我們知道，「葛烈今」的「葛」作「𦳝」，恰巧晉璽也有兩方印章出現此字，《璽彙》2263「𦳝復」、2264「𦳝瞳」，「𦳝」都是氏稱，這是否透露了葛烈今是來自三晉的史官呢？

先秦「氏」很大的一個來源就是國家或地名，「葛」氏的由來，學者說法不同。陳槃先生《春秋大事表列國爵姓及存滅表譔異》指出：商湯之前有葛國，然已為商湯所滅，故春秋時之葛國，當別是一葛。王夫之以為葛近於魯，其都城在今山東嶧縣；《路史·國名紀》云葛在河內脩武，羅苹注云「湯始征者」，則非春秋之葛。俞正燮以為葛在山西。當以王說近是。[註27]鍾柏生先生《殷商卜辭地理論叢》以為葛伯之國在河南寧陵縣的葛鄉；[註28]李學勤先生根據 1973 年山東兗州李宮村出土的「剌」氏銅器，定卜辭「剌」地為山東兗州附近。[註29]郭永秉先生、鄔可晶先生以為位於河南寧陵的「葛」跟山東兗州相距不遠，山東兗州出土的「剌」氏銅器似乎也有可能是河南「剌（葛）」族遷徙帶過去的。[註30]」河南寧陵縣戰國屬魏，結合兩方「𦳝（葛）」氏的晉璽，葛烈今是葛國之後，甚至於來自三晉地區的可能性都不能輕易排除。

綜合以上的討論，葛烈今可能是葛國的後裔，以國為氏，從他國（有可能是三晉的魏國）來到魯國，以季庚子引用他的話來反駁孔子，可見葛烈今與季庚子有一定程度的交往，甚至於得到季庚子一定程度的信賴。季庚子還引用葛

〔註27〕陳槃、王夫之、羅苹、俞正燮等說俱見陳槃《春秋大事表列國爵姓及存滅表譔異》（上海：上海古籍出版社，2009 年 11 月），頁 459～463。
〔註28〕鍾柏生《殷商地理論叢》（臺北：藝文印書館，1989 年），頁 116～118。
〔註29〕李學勤〈海外訪古續記（九）〉，頁 39。
〔註30〕郭永秉、鄔可晶〈說「索」「剌」〉，頁 115。

烈今投宿主人的話，可見得季庚子與「葛烈今主人」也有一定程度的熟識。從「遠臣觀其所主，近臣觀其主」可以知道，葛烈今投宿的主人與葛烈今地位、學識、見解至少相當，季庚子引葛烈今主人的話，也才顯得合情合理。

補　記

《清華柒・子犯子餘》簡 2-6「子犯答曰：『誠宔（主）君之言。吾宔（主）好正而敬信，不秉禍利，身不忍人，故走去之，以節中於天。宔（主）如曰：「疾利焉不足？」誠我宔（主）故弗秉。』……子餘答曰：『誠如宔（主）之言。吾宔（主）之二三臣，不扞良規，不蔽有善，必絀有 惡，□□於難，翟轎於志。幸得有利不懯獨，欲皆[糼]之。使有過焉，不懯以人，必身[廈]之。吾宔（主）弱恃而強志，不□□□，顧監於禍，而走去之。宔（主）如此謂無良左右，誠縈獨其志。』」〔註31〕

這一大段話是寫公子重耳流亡在秦，子犯、子餘回答秦穆公問時所說的話。子犯話語中的第一個「主君」是指「秦穆公」，秦穆公並不是子犯的上司，所以這裡的「主君」只能是「接待我們一行人的國君」（其後簡稱「主」）。子犯話語中的第二個「主」是指重耳，重耳是子犯的上司，所以這個「主」字是指「主人」，與前面「主君」的「主」不同義。子餘話語中的「主」字也有這兩種涵義，觀上下文自然可以理解。這些「宔（主）」字簡文都寫作「[字]」，和〈季庚子問於孔子〉的「宔（主）」字寫法完全相同，也可以做為本文的佐證。

本文原發表於臺灣師大國文系主辦「出土文獻與域外漢學國際學術研討會」，2018 年 11 月 10～11 日。刊登於《中國文字》2019 年夏季號，臺北：萬卷樓圖書公司，2019 年 6 月。

〔註31〕用金宇祥整理的釋文，見金宇禮博士論文《戰國竹簡晉國史料研究》，2018 年初稿。釋文採寬式隸定。

從《上博五‧姑成家父》的「顑頷」到閩南語的「譀譀」

提　要

　　閩南語的「hàm-hàm」一詞，教育部《臺灣閩南語常用詞辭典》寫作「譀譀」，釋為「虛幻不實」。《上海博物館藏戰國楚竹書（五）》出版後，我們見到其中的〈姑成家父〉一篇有「㒳㒳」一詞，鄙意以為即《楚辭‧離騷》的「顑頷」，義為「馬虎」，也就是閩南語「譀譀」的最早詞形。其後學者陸續指出「顑頷」又可書寫為「坎塪」、「欿憾」、「減淫」、「咸淫」、「欿傺」、「坎傺」、「坎廩」、「欿懍」、「塪軻」、「坎坷」、「轗軻」、「滔酣」等詞形。本文以為這些詞的中心義為「空」、「欠缺」，由此引伸為各種久缺、不滿、虛幻、馬虎等義。

　　關鍵詞：顑頷、譀譀、坎塪、欿憾、減淫、咸淫、欿傺、坎傺、坎廩、欿懍、塪軻、坎坷、轗軻、滔酣、馬虎、聯綿詞

一、閩南語詞彙中的「譀譀」

　　漢語詞彙源遠流長，變化多樣，有時是我們難以想像的。

　　閩南語中有一個詞「hàm-hàm」，教育部《臺灣閩南語常用詞辭典》[註1]寫作「譀譀」，注云：

〔註 1〕參 http://twblg.dict.edu.tw/holodict_new/index.html。

諏諏　　hàm-hàm　　形 虛幻、虛而不實。例：人生諏諏，咱著愛看
較開咧。Jîn-sing hàm-hàm, lán tioh ài khuànn khah khui--leh.（人生是
虛幻的，我們凡事都要看開一點。）

這個意義寫成「諏諏」，從一般字書、辭典來看，還頗為合理。大徐本《說
文解字》：

諏，誕也。从言、敢聲。詌，俗諏从忘。〔註2〕

段注：

《東觀漢記》曰：「雖誇諏猶令人熱。」按：「誕也」當作「誇
也」，諏與誇互訓。〔註3〕

《中文大辭典》把「諏」字的意義整理得很完整：

甲、下瞰切。乙、呼監切。①大言也。……《說文》：「諏、誕
也。从言、敢聲。」《繫傳》：「大言也。」②調也。《廣雅·釋詁四》：
「諏、調也。」③俗作詌，《說文》：「詌，俗諏从忘。」

丙、許鑑切。①誕也。《集韻》：「諏、誕也。」②叫怒也。《字
彙》：「諏、叫怒也。」

丁、呼甲切。誕也。《集韻》：「諏、誕也。」〔註4〕

從這些記載看來，「諏」字的本義主要是誇誕。「諏諏」釋為「虛幻、虛而
不實」，是誇誕的引伸義，看起來很合理。

不過，「諏」這個字出現得很晚，目前除了《說文解字》有此字外，最早只
出現在《廣韻》所引《東觀漢記》的零句——「雖誇諏猶令人熱」，其他先秦文
獻並未見到此字。因此「諏」字可能是漢代以後所造的字。「諏諏」一詞，難以
推到先秦。閩南語「hàm-hàm」是否一定要寫成「諏諏」，其實也還可以有討論
的餘地。

隨著考古材料的不斷出現，我們現在看到更多已往未見的先秦文本，有不
少可以補充、甚至於改變我們過去的看法。在《上海博物館藏戰國楚竹書（五）》

〔註2〕許慎著·徐鉉校定《說文解字》（北京：中國書店，1989 年），卷三上葉五下。
〔註3〕許慎著·段玉裁注《說文解字》（臺北：藝文印書館，1970 年），頁 99。
〔註4〕林尹、高明主編《中文大辭典》（臺北：中國文化學院出版部，1980 年五版），冊八
頁 1133。

中有一篇〈姑成家父〉，其中有一個詞「褰袞（顝頜）」，我認為應該就是閩南語的「讖讖」的早期詞形。

二、〈姑成家父〉中的「顝頜」

　　《上海博物館藏戰國楚竹書（五）‧姑成家父》是一篇很有意思的文章，全文敘述晉國的姑成家父（即《左傳》的郤犫）行事剛正果斷，因此見惡於晉厲公。在姑成家父勢力日益強大後，想造反的欒書欲拉攏郤犫，但遭到拒絕，欒書因此厲公進讒言，厲公遂令長魚矯翦除三郤。郤錡聽到消息後，建議郤犫先下手為強，郤犫告訴郤錡，自己忠於公家的態度，不願為個人私利而謀反，若厲公無法了解其心志，他就算死也無怨。其後強門大夫釋放內庫之囚，誅殺三郤。三郤滅亡後，厲公勢力減弱，欒書於是殺了厲公。〈姑成家父〉一開始是這麼說的（用寬式隸定。【】中的數字是簡號。有些隸定在看稿時做了修改）：

　　　　姑成家父事厲公，為士㤹，行政迅強，以見惡於厲公。

　　　　厲公無道，虐于百豫，百豫反之，姑成家父以其族三郤征百豫，不使反，躬與士處館，旦夕治之，使有君【1】臣之節。

　　　　三郤中立，以正上下之過，強於公家。

　　　　欒書欲作難，害三郤，謂姑成家父曰：「為此世也從事，何以如是其疾歟哉？於言有之：『褰（顝）袞（頜）以至於今哉！』【6】無道正也，伐厇遒适，吾子圖之。」

　　　　姑成家父曰：「吾敢褰袞以事世哉？吾直立經行，遠慮圖後，雖不當世，苟義毋咎，立死何傷哉？」

　　　　欒書【7】乃退，言於厲公曰：「三郤家厚聚主君之眾，以不聽命，將大害。」公懼，乃命長魚矯……【8】

　　學者對上述文本的解釋還不完全一致，因為不是本文要討論的重點，所以我們暫且不細究有歧見的部分〔註5〕，先把這一段敘述以白話文語譯如下：

　　　　苦成家父侍奉厲公，任官貪㤹，推行政務十分強勢，因此被厲

〔註5〕「為士宛，行正迅強」、「百豫」、**「伐厇遒适」**三處，學者的看法還不一致。不過，這不影響對全篇文義的解讀。

公所厭惡，屬公失道失德，殘害百㑄的人民，使百㑄起而造反。姑成家父以其士族的力量糾正百㑄，不使百㑄造反，親自跟士住一起，日夜治理，使之具備君臣之間應有的禮節。

三郤得位，可以糾正上下之疏失，勢力已超越屬公。

欒書想要作亂，但顧忌三郤，因此告訴姑成家父說：「在這樣的時局，你辦事怎麼這麼認真呢？有句諺語說：『褻裒以至於今哉！』不要什麼事都這麼堅守原則、認真努力，伐尾遺适，才好過日子啊！你好好考慮一下。」

姑成家父說：「我哪敢褻裒到今天呀？」我是直道而行，並且深謀遠慮，自然是不為屬公所重用，但是如果合於仁義、沒有錯謬，縱然現在就死去又有什麼關係呢？」

欒書於是告退，向屬公進讒說：「三郤家收攏國君的人馬，卻不聽國君的命令，日後必定成為重大的禍害」屬公恐懼，於是命令長魚矯（去處理）……

文中的「褻裒」，原考釋者李朝遠先生謂「不識，待考」。[註6] 拙文〈上博五芻議上〉以為：

上字從咸得聲，下字從含得聲，應讀為「顄頷」，《離騷》：「長顄頷亦何傷。」注：「不飽貌。」引伸為不足、沒有成就。這是個聯綿詞，所以楚辭用「頁」旁，《上博》用「衣」旁，其意一也。今台灣地區閩南語猶有「ham³ ham⁴」一詞，意為「馬馬虎虎、沒有出息」，當即古語之「顄頷」（另文專門探討）。「褻裒（顄頷）以至於今哉」意為：「沒出息到現在啊！」欒書對苦成家父刺激挑撥的味道非常濃。[註7]

陳偉先生贊成拙文的隸定，但對釋義提出一些不同的看法：

語見 6 號簡，是欒書說郤犨時引述的話。7 號簡記郤犨答辭中亦云：「吾敢欲顄頷以事世哉？」顄本從衣從咸，頷本從衣從含。整

〔註6〕李朝遠〈姑成家父〉，馬承源主編《上海博物館藏戰國楚竹書（五）》（上海：上海古籍出版社，2005 年 12 月），頁 246。

〔註7〕季旭昇〈上博五芻議上〉，2006 年 2 月 18 日武漢大學簡帛網首發。網址：http://www.bsm.org.cn/show_article.php?id=195

理者隸定正確，但稱「不識，待考」。季旭昇先生指出：「上字從咸
得聲，下字從含得聲，應讀為『顲頷』，《離騷》：『長顲頷亦何傷。』
注：『不飽貌。』引伸為不足、沒有成就。這是個聯綿詞，所以楚辭
用『頁』旁，《上博》用『衣』旁，其意一也。」在字釋方面，此說
可從，但訓解卻恐有不周。郤犨在晉國地位很高，他本人也很有成
就感，很高傲。這無論是傳世典籍、還是本篇竹書，都顯而易見。
顲頷還有憂鬱、憤懣一類含義。對於季先生所引《離騷》文句，洪
興祖補注說：「言我中情實美，又擇要道而行。雖顏色憔悴、形容枯
槁，亦何傷乎。彼先口體而後仁義，豈知要者。或曰有道者雖貧賤
而容貌不枯，屈原何為其顲頷也。曰當是時國削而君辱，原獨得不
憂乎！」尤其值得注意的是，「顲頷」亦寫作「欿憾」。《楚辭‧哀時
命》「志欿憾而不儋兮」，王逸注：「儋，安。言己心中欿恨，意識不
安。」這應該是指郤犨特立徑行、不與世俗合流的情緒。〔註8〕

旭昇案：《楚辭》的「顲頷」一詞，見於〈離騷〉：

> 朝念木蘭之墜露兮，夕餐秋菊之落英。苟余情其信姱以練要兮，
> 長顲頷亦何傷。〔註9〕

王逸注：「顲頷，不飽兒。」各家的解釋大體上都和王注差不多。就〈離騷〉
而言，並沒有「欿恨，意識不安」之意。陳偉先生以為「顲頷」亦寫作「欿憾」，
從音理上來看，是對的，但在〈姑成家父〉，應該也沒有「意識不安」的意思。

周鳳五先生謂「顲頷」在本簡引伸為「不得志」，又謂「顲頷」亦作「坎
懍」、「坎廩」、「埳軻」、「欿憾」、「坎壈」、「坎坷」、「坎埳」、「轗軻」、「欿懔」、
「減淫」、「滔酳」等：

> 整理者缺釋「褻袞」，連下讀作「褻袞呂至於含才」。按，當讀作
> 「顲頷以至於今」。褻、顲皆從咸聲，袞、含〔註10〕皆從今聲，可以
> 通假。《楚辭‧離騷》：「朝飲木蘭之墜露兮，夕餐秋菊之落英。苟余

〔註8〕陳偉〈上博五《姑成家父》零釋〉，2006 年 2 月 24 日武漢大學簡帛網首發，網址：
http://www.bsm.org.cn/show_article.php?id=224。

〔註9〕洪興祖《楚辭補注》（北京：中華書局，1983 年），頁 12。下引王逸注亦見於此，
不另出注。

〔註10〕「含」字當作「頷」，當係筆誤。

情其信婞以練要兮，長顑頷亦何傷？」……「顑頷」二字為聯綿詞，書寫形式不一，見於《楚辭》如「坎傺」、「坎廩」(〈九辯〉)，「垎軻」(〈七諫〉)，「欿憾」(〈哀時命〉)，「坎壈」(〈九歎〉)等，其他傳世文獻又作坎坷、坎廩、坎埳、轗軻、欿懍、減淫等。出土楚簡又作「涵酓」，見《郭店楚墓竹簡‧窮達以時》簡八：「初涵酓，後名易，非其惪加。」簡文「涵酓」整理者缺釋，涵從臽聲，古音匣紐談部；顑，匣紐侵部。酓從有聲，古音曉紐之部；頷，匣紐侵部，「涵酓」，當讀為「顑頷」，音近可通。《郭店楚墓竹簡‧窮達以時》上文列舉舜、皋陶、呂望、管夷吾、百里奚、孫叔敖等人的生平，說他們起初不得志，後來揚名天下，不是因為德行長進，而是遇到了能賞識他們的君主。〔註11〕

　　周文把「顑頷」的相關異形詞蒐羅得相當詳盡，對本詞有「不得志」的意義也探討得相當深入。至於「顑頷以至於今」的意思，周文在「才亡道，正也」（周文把「顑頷以至於今哉！亡道正也」斷讀為「顑頷以至於今，才亡道，正也」）句下說：「委屈退讓的人，外表雖似失意，卻能自保而活到現在」，則似把「顑頷」釋為「委屈退讓」。

　　劉洪濤先生以為簡文「顑頷」意思是「不得志」：

　　　　裓袷，季旭昇讀為《離騷》「長顑頷亦何傷」之「顑頷」，是。陳偉 B、D 指出亦作「欿憾」，《楚辭‧哀時命》：「志欿憾而不憺兮。」按《說文》作「顑顲」，云「面顑顲皃，飯不飽面黃起行也」（參「顑」、「顲」兩字引之），此當是本義。引申為不得志貌（志「不飽」），上引《楚辭》皆用此義。「顑頷」從「頁」，是以面容枯黃狀人不得志之貌。簡文「裓袷」從「衣」，當是以衣衫襤褸狀人不得志之貌。「顑頷以至於今」，意思是「一直到現在都不得志」。樂書引此言大概是影射姑成家父「見惡於厲公」之事。自己的心思不被君主理解，反招君主厭惡，在一般人看來，這當然是不得志了。有不得志之心，就有可能有叛離之意。他想借此挑撥姑成家

〔註11〕周鳳五：〈上博五〈姑成家父〉重編新釋〉，中國簡帛學國際論壇 2006 論文集，2006 年 11 月 8～10 日，武漢，頁 281～293。

父，使他對厲公不再忠心耿耿，以達到使姑成家父不再幫助厲公的
目的。〔註12〕

　　　劉文謂「『顲頷』從『頁』，是以面容枯黃狀人不得志之貌。簡
文『褉袷』從『衣』，當是以衣衫襤褸狀人不得志之貌」，似有以「顲
頷」為聯合式合義複詞之意。

　　以上各家的說法都很有意義，對「顲頷」的意義提出了不少重要的分析。
我最近重新研究〈姑成家父〉，看法稍稍有點改變。「顲頷」一詞，〈離騷〉固應
釋為「不飽兒」，引伸而有「不得志」之意。但是把這個意思搬到〈姑成家父〉，
還不是非常妥貼。細味〈姑成家父〉全文，姑成家父因為太過認真，引起厲公
的厭惡，以及欒書的忌憚。欒書要造反，怕姑成家父太認真，會對他不利，所
以去跟姑成家父磋商，希望姑成家父不要太認真，凡事「睜一眼，閉一眼」，因
此「顲頷」應該就是類似這樣的意思。如果從這個角度去解釋，那麼簡文以下
這一段——「欒書欲作難，害三郤，謂姑成家父曰：『為此世也從事，何以如是
其疾歟哉？於言有之："矣（顲）裒（頷）以至於今哉！"無道正也，伐厄遁
适，吾子圖之。』姑成家父曰：『吾敢矣裒以事世哉？吾直立經行，遠慮圖後，
雖不當世，苟義毋咎，立死何傷哉？』」〔註13〕應該可以這麼解釋：

　　　欒書想要作亂，又害怕三郤妨礙他。於是跟姑成家父說：「在這
　　時代做事，為什麼要這麼認真呢？俗話說：『睜一眼閉一眼才能活到
　　今天啊！』不要什麼事都那麼堅守原則，和光同塵、圓滑應付，你
　　不妨好好考慮！」姑成家父說：「我那敢『睜一眼閉一眼才能活到今
　　天啊！』，我直道而行，並且深謀遠慮，自然是不為厲公所重用，但
　　是如果合於仁義、沒有錯謬，縱然現在就死去又有什麼關係呢？」

　　細味全簡，這樣解釋才能通貫全文。換句話說，「顲頷」一詞，本義應為
「不飽滿」、「空虛貌」，《說文》釋為「食不飽面黃」，已經是引申義；再引伸
而有「不得志」之義，適用於〈離騷〉以及前引周文所舉各例；再引伸而有
「不認真、含糊應付、馬馬虎虎」之義，適用於〈姑成家父〉；再引伸則為「虛

〔註12〕劉洪濤：〈上博竹書《姑成家父》重讀〉，武漢大學簡帛網，（2007 年 3 月 27 日），
　　　　網址：http://www.bsm.org.cn/show_article.php?id=540。
〔註13〕這一段引文中的「引號」超過兩重，因此我採取先用「」，次用『』，再用""，最
　　　　後用 '' 的次序，以便省覽。

幻、虛而不實」。以上諸義，多保留在今閩南語中，而最後一義最常用，一般寫成「諏諏」。

董忠司先生主編的《台灣閩南語詞典》把這個詞寫作「幻幻」，其實並不妥當，但是該書把這個詞的義項搜羅得較為豐富：

幻　◇ham³　◆huan³

字或作「泛」、「諏」、「顲」。「幻」字語義最貼近此音，但是字音為 huan³，韻尾為~n，和-m不合，不過聲調、聲母、主要元音相合。可以視為音變之字，或視為音近之訓讀字。以字音而言，「諏」最為適當。

一、虛幻。例：人生幻幻仔 jin⁵ sing¹ ham³ ham³ a⁰。

二、荒誕不實。幻古　ham³ koo²，字或作「諏」。

三、浮腫。例：面幻幻　bin⁷ ham³ ham³（臉浮腫），字或作「諏」。

四、隨便、浮誇貌。例：做人傷幻　co³ lang⁵ sionn¹ ham³、講話傷幻 kong² ue⁷ sionn¹ ham³（「傷 sionn¹」是「過於」的意思）、做事志糊糊幻幻 co³ tai⁷ ci³ hoo⁵ hoo⁵ ham³ ham³（做事隨便、不精密）。字或作「泛」。

〔註14〕

第四義項的「隨便」、「不精密」，當即〈姑成家父〉釋為「不認真、含糊應付、馬馬虎虎」義的「臱臱」（《楚辭》作「顲頷」）之古語保留至今者。

三、「顲頷」、「諏諏」語源探究

依《說文》「顲」、「頷」，其本義似為不飽面黃。大徐本《說文》：

> 顲，飯不飽，面黃起行也。从頁、感聲，讀若戇。（下感、下坎
> 二切）〔註15〕

段注本《說文》（括弧內為段注）：

> 顲，顲頷。（逗。二字各本無，今依全書通例補。疊韻字。）
> 食不飽，面黃起行也。（《離騷》：「長顲頷亦何傷！」王注：「顲頷，
> 不飽皃。」按：許之顲頷即顲頷也。《離騷》假借頷為頷。許書單
> 出頷篆，云：「面黃也。」此恐淺人所增。《廣韻》：「顲頷，瘦也。」）

〔註14〕董忠司主編《台灣閩南語詞典》（臺北：五南圖書出版公司，2001年），頁364。

〔註15〕許慎著‧徐鉉校定《說文解字》（北京：中國書店，1989年），卷九上葉二。

從頁、咸聲。（下感、下坎二切。七部。《廣韻》苦感切，又作顲，
呼唵切。）讀若齁。〔註16〕

「頷」字的意義和「顲」字差不多，大徐本《說文解字》：

> 頷，面黃也。從頁、含聲。（胡感切）〔註17〕

段注本《說文》云：

> 頷，面黃也。（《離騷》:「苟余情其信，姱以練要兮，長顲頷亦何
> 傷。」王注:「顲頷，不飽兒。」本部「顲」下云:「飯不飽，面黃
> 起行也。」義得相足。今則頷訓為頤，古今之字不同也。）從頁、
> 含聲。（胡感切。七部。李善注《離騷》音呼感反。）〔註18〕

段注以為「顲」當訓為「顲頷」。考大徐本「頷」字條下云：

> 顲，面顲頷兒。從頁、醬聲。〔註19〕

段注本則改為：

> 顲，顲頷也。從頁、醬聲。〔註20〕

《說文》以後的字書，大體都繼承這個意義。《龍龕手鏡》云：

> 顲，靈感反，面黃醜〜槶〔註21〕也；又，力稔反，〜然作色兒也。

〔註22〕

《玉篇》：

> 顲，來感切。《說文》云:「顲頷兒。」《聲類》云:「面瘠兒。」

〔註23〕

《廣韻》以「顲」、「顲」為一字之異體，釋云：

〔註16〕許慎著‧段玉裁注《說文解字》（臺北：藝文印書館，1970 年），頁 426。
〔註17〕許慎著‧徐鉉校定《說文解字》（北京：中國書店，1989 年），卷九上葉二。
〔註18〕許慎著‧段玉裁注《說文解字》（臺北：藝文印書館，1970 年），頁 423。段玉裁在
前引「頷」字注中說：「許書單出頷篆，云：『面黃也。』此恐淺人所增。」與此字
條下所注不同，當從此字注。
〔註19〕許慎著‧徐鉉校定《說文解字》（北京：中國書店，1989 年），卷九上葉二。
〔註20〕「含」字當作「頷」，當係筆誤。
〔註21〕「槶」，即「槶」的異體字。
〔註22〕釋行均《龍龕手鏡》（北京：中華書局，1985 年），頁 484。「〜」原作「一」，表示
代替原字頭的字，為了避免跟「一」字混淆，改用「〜」。
〔註23〕《玉篇》（北京：中國書店，1983 年），頁 76。

顲，顲然作色皃。〔註24〕

顲，面黃醜；《說文》曰：「面顲醜也。」又力稔切。〔註25〕

顲，面色黃皃。郎紺切。〔註26〕

據此，「顲（顲）」字有三個意義：一、作色皃（生氣板起臉孔）；二、面黃皃；三、面瘠皃。」其中作色皃一義和我們要討論的主題無關，可以無論。二、三兩義其實相近，面瘦則多黃黑；而「面黃皃」則和《說文解字》釋「頷」為「面黃也」完全相同，可見「顲」和「頷」意義相同。因此，「顑頷」和「顑顲」二詞其實是同一個詞，段玉裁必改大徐本《說文》「顑」字的解釋為「顑頷，食不飽，面黃起行也」，主要的理由是「顑」、「顲」為「疊韻字」，疊韻字基本上就是聯綿詞，聯綿詞一般以為不能單字成詞（段注云：「許書單出頷篆，云：『面黃也。』此恐淺人所增。」但是段玉裁在《說文解字注》「頷」字下照樣釋為「面黃也」，並沒有再度指出這一點）〔註27〕，必需整個詞一起解釋。

旭昇案：段玉裁以為「顑顲」是個聯綿詞，是對的。不過，既然是個聯綿詞，它寫成「顑顲」或「顑頷」，其實都可以。聯綿詞主要是要記音，跟用來記音的字的詞義沒有必然關係。

我們依據《說文》、〈離騷〉，會認為這個詞寫成「顑頷」，二字都從「頁」旁，則跟身體面容飲食等有關。可是，我們現在可以看到〈姑成家父〉寫成「裒袞」，二字都從「衣」，則未必與飲食有關。前引劉洪濤先生文，以為「簡文『裓裕』從『衣』，當是以衣衫襤褸狀人不得志之貌」，似過分強調從「衣」的作用。其實聯綿詞重在音，從頁從衣都是後加的。這個詞又可以寫作「坎坷」、「轗軻」，則似又與「土」、「車」有關。事實是，如果太過注意這些偏旁或字形，就會被這些偏旁牽引，而忽略了它的中心義。其實，不管它的字形怎麼寫，聯綿詞重在字音，因此，我們應該先把相關這些詞的上古音分析一下。據臺灣大學中國

〔註24〕《廣韻・上聲・四十七寑》（臺北：弘道文化事業公司，1972 年），頁 328。音力稔切。

〔註25〕《廣韻・上聲・四十八感》（臺北：弘道文化事業公司，1972 年），頁 332。音慮感切。

〔註26〕《廣韻・去聲・五十勘》（臺北：弘道文化事業公司，1972 年），頁 442。音郎紺切。

〔註27〕這樣說可能是有問題的。有不少聯綿詞其實是可以單用的，我在〈《詩經・王風・采葛》新探〉中舉了一些例子說明，文見《漢學研究》六卷二期（總十二期），1988 年 12 月。

文學系、中央研究院資訊科學研究所共同開發的「漢字古今音資料庫」〔註28〕，這些詞的上古音如下表：

詞　條	反　切	上古聲韻	擬　音
1. 顑頷、㱷*衾*	苦感　胡感	溪侵　匣侵	*kʰəm　*gəm
2. 欿傺、坎傺	苦感　丑例	溪侵　徹祭	*kʰəm　*tʰiar
3. 坎廩、坎壈*	苦感　力稔	溪侵　來侵	*kʰəm　*liəm
4. 欿懔	胡感　力稔	匣侵　來侵	*gəm　*liəm
5. 埳軻	苦感　苦何	溪侵　溪歌	*kʰəm　*kʰa
6. 欿憾	胡感　胡紺	匣侵　匣侵	*gəm　*gəm
7. 坎坷	苦感　枯我	溪侵　溪歌	*kʰəm　*kʰa
8. 坎埳	苦感　苦感	溪侵　溪侵	*kʰəm　*kʰəm
9. 轗*軻	苦感　苦何	溪侵　溪歌	*kʰəm　*kʰa
10. 減淰	下斬　餘針	匣侵　以侵	*grəm　*riəm
11. 淊醓*	胡感　于救	匣侵　云之	*gəm　*ɣjwəɣ
12. 譀譀	下瞰　下瞰	匣談　匣談	*gɑm　*gɑm

由本表看得出，以上諸詞的上古音確實頗為接近，聲都屬牙音或喉音，韻尾多收 m（少數例外），主要元音則為 ə 或 a，具備了聯綿詞聲韻相近的合理條件。因此，把以上列 12 個詞看成同一個聯綿詞的不同書寫形式，是相當合理的。既然把這些詞看成聯綿詞，其書寫形式不是很重要，我們就不應該受到這些詞的義符的影響，或單單從《說文》的釋義去進行詮釋，我們應該綜合這些詞的意義，並且從語源上去考量。

為了方便整理詞義的演變，以下我們把《漢語大詞典》各條的解釋引錄如下（書證太多的酌予刪減。「淊醓」、「譀譀」兩條不見《漢語大詞典》，其詞義見上文所引）：

01. 顑頷：因饑餓而面黃肌瘦的樣子。《楚辭‧離騷》：「苟余情其信姱以練要兮，長顑頷亦何傷。」洪興祖補注：「顑頷，食不飽，面黃貌。」唐韓愈《送無本師歸范陽》詩：「欲以金帛酬，舉室常顑頷。」《紅樓夢》第七八回：「杏臉香枯，色陳顑頷。」

〔註28〕網址：http://xiaoxue.iis.sinica.edu.tw/ccr/#。擬音用周法高系統。如果工具書中沒有該字，或上古沒有該字，則以該字所從的「形聲字聲符」為依據（這一類的字，本表會在字頭的左下角標「*」）。

02. 欿傺（坎傺）：陷止；斂藏。《楚辭·九辯》：「收恢台之孟夏兮，然欿傺而沈藏。」王逸注：「楚人謂住曰傺也。欿，本多作『坎』。」六臣本《文選》作「坎傺」。呂延濟注：「坎傺，陷止也。言收斂長養之氣，使陷止沈藏，但以秋氣殺物矣。」

03. 坎廩：困頓；不得志。《楚辭·九辯》：「坎廩兮，貧士失職而志不平；廓落兮，羈旅而無友生。」章炳麟《檢論·楊顏錢別錄》：「一彼一此，坎廩以求逞欲，於中夏何有？」程恩澤《邳州道中》詩：「樹如客鬢凋疏早，路似人心坎廩多。」

04. 埳軻：坎坷。漢東方朔《七諫·怨世》：「年既已過太半兮，然埳軻而留滯。」《後漢書·馮衍傳下》：「非惜身之埳軻兮，憐眾美之憔悴。」

05. 欿憾：意有不足，引以為恨。《楚辭·嚴忌〈哀時命〉》：「志欿憾而不儋兮，路幽昧而甚難。」王逸注：「言己心中欿恨，意識不安。」

06. 坎坷：1. 高低不平貌。《漢書·揚雄傳上》：「濊南巢之坎坷兮，易豳岐之夷平。」顏師古注：「坎坷，不平貌。」唐韓愈《合江亭》詩：「長緪汲滄浪，幽蹊下坎坷。」2. 比喻困頓不得志。宋王讜《唐語林·方正》：「李以定冊立武后勳，恃寵任勢，王惡而彈之，坐是見貶，坎坷以至於終。」清錢泳《履園叢話·譚詩·紀存》：「余一生坎坷不遇，豈能自立耶？」

07. 坎埳：坑穴。《資治通鑒·唐僖宗乾符三年》：「蜀土疏惡，以甓甃之，環城十里內取土，皆戔丘垤平之，無得為坎埳以害耕種。」嚴復《救亡決論》：「凡舟車之運轉流行，道里之險易澀滑，巖牆之必壓，坎埳之至凶，擿埴索塗，都忘趨避。」

08. 轗軻：1. 困頓，不得志。《古詩十九首·今日良宴會》：「無為守窮賤，轗軻長苦辛。」唐杜甫《詠懷》之一：「嗟余竟轗軻，將老逢艱危。」2. 坎坷，路不平。《北史·文苑傳序》：「道轗軻而未遇，志鬱抑而不申。」宋曾鞏《幽谷晚飲》詩：「當今甲兵後，天地合轗軻。」

09. 滔酴：不得志。

10. 譀譀：虛幻、虛幻不實。

至於「欿懍」，應該同「坎廩」。「減淫」，為「顑頷」的異形詞，見唐《文選集注》（字作「減淫」），陸善經以為亦作「咸淫」。《楚辭集校集注》云：

唐《文選集注》本：苟余情其信婍以練要兮，長減淫亦何傷。

校語：《音決》：顑，口感反，《玉篇》：呼感反。頷，胡感反。曹：

減、淫二音。陸善經曰：顑頷，亦為咸淫。〔註29〕

綜合以上諸詞的意義，其中心義應該是「空」、「不滿」、「欠缺」，因此其語源應該是「欠」、「臽」等詞。由「欠」、「臽」義引伸為土地下陷之「坎埳」、心意不足之「欿憾」、飲食不足之「顑頷、減淫、咸淫」、人生虛幻不實之「譀譀」、陷止斂藏之「欿傺、坎傺」、困頓不得志之「坎廩、欿懍、埳軻、坎坷、轗軻、滔酳」。茲依其引伸序列重排如下：

01. 坎埳：坑穴。

02. 欿憾：意有不足，引以為恨。

03. 顑頷（減淫、咸淫）：因饑餓而面黃肌瘦的樣子。

04. 譀譀：虛幻、虛幻不實。

05. 欿傺（坎傺）：陷止；斂藏。

06a. 坎廩（欿懍）：困頓；不得志。

06b. 埳軻：坎坷。

06c. 坎坷：1. 高低不平貌。2. 比喻困頓不得志。

06d. 轗軻：1. 困頓，不得志。2. 坎坷，路不平。

06e. 滔酳：不得志。

當然，實際詞義的演變未必如此。這些詞，如果書寫為「坎（地面凹陷之處）」、「埳（地面凹陷之處）」、「欿（不自滿、通「坎」）」、「滔（沈沒在下）」等字，形義是相符的；如果書寫為為複詞「坎埳」，則屬於聯合式合義複詞，二字均有意義；但是，如果書寫為「欿憾」、「顑頷」、「減淫」、「咸淫」、「譀譀」、「欿傺」、「坎傺」、「坎廩」、「欿懍」、「埳軻」、「坎坷」、「轗軻」、「滔酳」等詞形，雖然部分字面還有點兼義的功能，但是很難完全由字面體會詞義，這些詞就應該看成聯綿詞了。當然，這些意義或許還可以寫成其他更多樣的詞形，限於時間，本文就不再擴大追蹤了。

〔註29〕據崔富章，李大明《楚辭集校集釋》（武漢：湖北教育出版社，2002 年），頁 206 引。日本金澤文庫舊藏平安中期古寫本《文選集注》殘卷二十餘卷。光緒間羅振玉影印出版，題為《唐寫文選集注殘本》。集注之次序依李善、鈔、音訣、五家（即五臣注）、陸善經排列。

另外，閩南語中有「顑面」一詞，見張振興先生《臺灣‧閩南方言記略》：

顑　　ham↓　　面黃浮腫。〔註30〕

何劍薰先生《楚詞新詁》以為「顑」同「顑」，「頷，即《說文》顄字，謂頤，面醜（今語臉旁）。顑頷，謂因饑餓面頤發黃且浮腫也，此語今存，故特表而出之」。〔註31〕顑面，指面黃浮腫，內中不實。旭昇案：何劍薰先生可能推求過度，「顑」从「欠」、「臽」等語源，面浮腫者，內實虛浮，故「顑面」指面虛浮腫，未必由「饑餓」而來。「顑面」（「顑面」）一詞，教育部《臺灣閩南語常用詞辭典》未收，當可補入。

四、結　語

漢語源遠流長，很多方言詞彙其實都有很古老的來源，但是，在地下出土材料沒有被發現之前，我們很難完整而精確地追蹤。十九世紀末以來，地不愛寶，這些材料大量出土，我們何其幸運可以利用這些料做更深入的研究。本文從對〈姑成家父〉「顑頷」一詞的探討，以為義同今閩南語的「譀譀」。另外，由本文的例子也可以說明有些聯綿詞與單詞的關係非常密切，只要找出語源，明瞭它的中心義，則那些單詞、複詞的字面意義是合於中心義的，它就可以不歸入聯綿詞；如果複詞的字面義與中心義不合，它只是記音詞，那麼就必需看成聯綿詞。這種看法，已往的語言學家似乎未見討論，相信隨著地下出土材料的公佈，會有越來越多的資料可以供我們深入追蹤，發掘更多的語言現象。

第九屆通俗文學與雅正文學——「話語的流動」國際學術研討會，臺中‧中興大學中文系主辦，2012 年 3 月 16～17 日。

〔註30〕見張振興《臺灣閩南方言記略》（福州：福建人民出版社，1983 年），頁 76。
〔註31〕引自崔富章，李大明《楚辭集校集釋》（武漢：湖北教育出版社，2002 年），頁 210。